묘(妙).하(哈).게(蟹) 차이나는
중국 문화 체험기

목차

묘(妙).하(哈).게(蟹) 차이나는 中国 문화 체험기

1. 문 없는 집

> 幸福之门一关，另一扇门就开启，但是我们常常呆呆地看着紧闭的门
> 却看不到向我们敞开的门　– 海伦·凯勒
>
> 행복의 문이 하나 닫히면 다른 문이 열린다 그러나 우리는 종종 닫힌 문을 멍하니 바라보다가
> 우리를 향해 열린 문을 보지 못하게 된다 – 헬렌켈러

아들이 드러머로 밴드 활동을 한 적이 있다. 그 밴드의 이름이 문 없는 집이었다. 처음에는 참 이상한 이름이구나라는 생각이 되었고 이어서 드는 생각은 문이 없으니 매우 답답하다고 생각 되었다. 그러나 생각을 뒤집어 보니 문이 없어 벽으로 둘러싸인 갑갑함이 아니라 오픈 되어서 더욱 자유로움을 추구하는 밴드였던 것이다. 걸러지는 1차적 문이 없게, 자유롭고, 활발한 소통이 일어날 수 있는 그런 음악을 추구하고 싶은 의지를 표현한 것 같다. 그런데 과연 문이 없으면 자유롭고 좋기만 한 것일까?

중국을 여행 하다보면 매우 난감이 상황이 발생 할 때가 있다. 멋지고 웅장한 스케일의 자연환경이나 건축물의 감탄 속에 있을 때 바로 여행의 즐거움, 행복감을 깨트려 버리는 순간이 발생한다. 그 대표적인 것 하나가 바로 화장실 문화다. 중국 올림픽, 아시안 게임, 각종 세계적인 행사나 대회를 거치면서 많이 개선되었다고 하나 아직도 여행객들을 어렵게 하는 문제를 품고 있는 것이 바로 중국의 화장실이다.

중국의 화장실은 문도 칸막이도 없이 지저분하고 냄새나는 그 막막함의 끝을 내딛는 화장실이 아직도 많다. 물론 우리나라도 과거에 그랬던 것처럼 일명 푸.세.식의 화장실이 주류 일 때도 있었지만 근대화를 거치면서, 산업화 경제적 성장과 더불어 거의 대부분의 화장실은 수세식 변기를 갖춘 깔끔한 화장실로 변모해 나갔다. 중국도 마찬가지로 G2의 국가로 옥스퍼드 사전에 등재될 만큼 경제적, 산업적 성장을 갖춘 나라이긴 하나 아직도 화장실 문화의 개선이 더딘 것을 보면 아이러니하기도 하고, 그들의 특유의 문화성이 반영이 아닌가라는 생각이

들기도 한다.

그렇다면 난감하기 짝이 없는 오픈된 문이 없는 중국의 특이한 화장실은 언제부터 생겨났을까? 역사적인 배경을 거슬러 올라가보면 중화인민공화국 출범 전까지로 대만 국민당 세력 일부가 본토에 잔류에서 찾는 이들도 있다. 당시 공산당의 장악력이 확고하지 않고 수많은 간첩들이 활동했었는데 이때 화장실에서 많은 정보가 오고 갔다고 한다. 그래서 그러한 간첩활동을 막기 위해 문을 다 떼어버렸고, 1960년대 문화 대혁명을 거치면서도 그러한 불신과 감시가 더 깊어져서 이런 습관이 굳어졌다고 믿고 있다. 근대화와 더불어 개방화가 이루어질 시기에 그러한 간첩활동을 막기 위한 오.픈.형 화장실 형태가 자연스럽게 공공장소뿐 아니라 주택가에서도 문 없는 공동 화장실이 생겨났고, 동네사람들이 삼삼오오 화장실에서 볼일을 보면서 담소를 즐기는 문화가 만들어 졌다는 견해다.

중국에서는 도시를 조금 벗어나기만 하면 아직도 문이 달리지 않는 개방형 화장실이 지천이다. 어느 날 식당 화장실에서 볼일을 보고 있는데 황당한 일을 당했다는 일화는 우리의 생각과는 아직도 저만치 다른 중국인들의 습성을 알 수 있다. 교외의 식당 화장실에 들어갔더니 한 여성이 문이 열린 채로 용변을 보고 있었던 것이다. 민망해서 문을 슬쩍 닫아주고 다른 칸으로 가려고 했더니 버럭 화를 내면서 문을 다시 활짝 열어젖혔다고 한다. 그리고 하는 말 "누가 답답하게 문을 닫고 그래!" 배려해주는 차원에서 문을 닫아준 것인데 그들의 문화 속에서는 열린 공간에서 일을 보는 것이 더욱 편리하다는 사고가 베인 듯하다.

중국 학교 화장실에 방문한 적이 있었는데 그곳은 부분적 폐쇄형 화장실이었다. 들어가는 문은 있으나 반만 가린 문, 하반신만 보이지 않고 상반신 얼굴은 아주 친근하게 서로서로 마주 볼 수 있는 화장실이었다. 그것도 또한 문화 충격이었지만 완전 오픈 형보다는 민망하지는 않겠다는 생각이 든다. 어떻게 보면 도덕적 불감증, 또는 그들만의 노출 습성은 아무래도 남에 대해 신경 쓰지 않는 특유의 문화에서 보이는 국민성인지도 모르겠다.

2022년 근래 새로 지운 중국의 화장실은 호텔처럼 별 표시로 등급을 매긴 표지판을 달고 있기도 하다. 아주 깨끗한 호텔에는 별 4개, 유명 유적지의 화장실은 별 3개, 공원 화장실은 별 2개 등. 그렇지만 외각으로 조금 빠져 나가면 아직도 오.픈.형 화장실이 주된 곳. 문 없는 화장실. 그들의 문화를 이해함에 있어 아직 가까이 다가가기 쉽지 않은 일이다. 문이 없는데 더욱 이해의 폭이 닫혀 지는 까닭은 무엇일까? 문이 없는 개방감이 사고의 개방감으로 이어지지 않은 아이러니 상황. 닫힌 것과 열린 것의 균형을 찾아가는 고도의 문화적 감.수.성이 필요해 보인다.

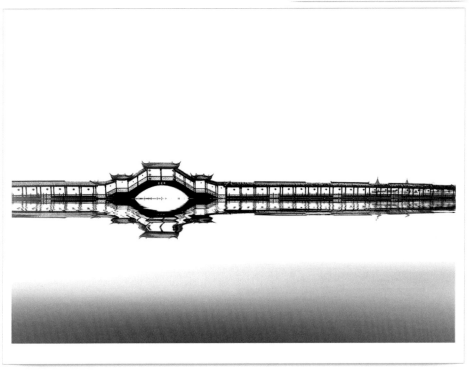

2. 커도 커도 정말 커

我是谁自己问吧, 问到露出自己内心为止, 问到问, 不要马马虎虎地问,
要用声音里的声音对着耳朵, 诚恳地问 答案就在这个疑问之中法顶禅师
행복은 결코 많고 큰 데만 있는 것이 아니다 작은 것을 가지고도 고마워하고 만족할 줄 안다면
그는 행복한 사람이다. 여백과 공간의 아름다움은 단순함과 간소함에 있다. -법정 -

　중국인이 우리나라 뉴스를 보면서 놀라게 있다고 한다. 바로 뉴스의 말미를 장식하는 일기 예보다. 우리나라 기후가 그렇게 중국 사람들이 놀랄만한 특이한 기후인가 라는 의문이 들기도 하는데, 기후에 대한 특이함이 아니라 일관성, 획일성, 전체에 대한 해석에 대한 놀라움 이란다. 보통 우리는 기상캐스터의 이야기를 들어보면 이렇게 가끔 이야기를 한다. "내일은 전국의 비소식이 있으며 우산 준비하시길 안내드립니다" 그러면 우리는 아무렇지도 않게 내일 우산을 잘 챙겨야겠구나, 혹은 우비, 장화에 대한 패션을 고민한다. 그런데 중국인이 이런 뉴스를 중국에서 듣게 되면 자연 재.해.급.이다. 전국(중국전체)에 비가 내리면 어마어마한 재.앙.의 시작.

　중국에 대한 이해는 우선 크다는 점에 주목해야 한다. 땅도 넓고, 인구도 많고, 음식 종류도, 건물 크기도 넓고 많은 것이 무척이나 다양하다. 베이징의 고궁 박물관(자금성)을 부모님과 함께 여행한 적이 있었는데 스케일의 크기에 부모님이 매우 놀라시기도 하셨지만, 많이 피곤해 하셨다. 우리나라의 대표궁인 경복궁도 한 바퀴 돌아보려면 쉽지 않은 거리인데 그것의 몇 배나 더 큰 규모를 가지고 있으니 말이다.

　중국은 4개의 직할시(베이징, 상하이, 텐진, 충칭)과 5개의 자치구(시짱, 위구르, 네이멍구, 닝샤후이족, 광시 좡족 자치구), 2개의 특별행정구(홍콩, 마카오), 22개의 성으로 이루어져 있다. 성하나 크기가 대부분 우리나라보다 크다고 하니 중국의 크기는 어마어마한 셈이다. 쉽게 비교해 보면 남한면적의 100배 정도 크기, 유럽 전체와 비슷한 크기라고 생각하면 된다. 지금 거주하고 있는 길림성(연길시)만 해도 한국에서는 조그만 촌동네라 여길 것 같은 지역, 그리고 영화상에도 그렇게 비춰지고 있지만 사실 길림성도 한국보다 큰 규모의 면적을 가지고 있다.

 땅이 이렇게 넓고 광대하지만 특이하게도 공산당 특유의 통일정책을 유지하고 있는 게 있다. 생체리듬과 부합하지 않는 시.차.정.책. 표준시 정책인데, 중국은 거대한 면적을 유지하면서도 1개의 표준시(베이징 표준시)를 따르고 있다. 우리나라보다 1시간 늦은 시차가 발생하는데 문제는 동쪽 끝과 서쪽 끝 지역에 사는 사람들의 라이프 스타일이 많이 바뀌게 된다. 예를 들어 동쪽 끝에 해당하는 헤이룽장성이나 지린성의 연길시는 보통 새벽 3,4시가 되면 날이 밝기 시작하는데 비해 서쪽 지역인 신장 위구르지역의 사람들은 낮 11시 12시가 되어야 가까스로 동이 트는 현상을 경험하게 된다. 해는 서서히 동에서 서로 진행하기 때문이다. 그래서 연길에서는 새벽 일찍 하루 일과 시작해서 초저녁이면 잠들기 시작한다.

 크다는 느낌을 개인적으로 많이 체감하는 경우는 기차역의 규모다. 웬만한 국제공항 같은 규모의 기차역들이 무수히 많으며 쏟아져 나오는 사람들을 볼 때면 정말 따.따.따를 자연스럽게 외칠 수밖에 없다. 연길에서 가끔씩 선양 갈일이 있다. 선양(심양)까지 4시간 반 정도 고속철로 이동하는데 우리나라로 치면 평양에서 부산거리다. 그런데 이곳 사람들은 근처 잠시 다녀온다고 한다. 크기 생각이 차이가 많다. 큰 것이 주는 강렬함 속엔 작고 깜찍한 세밀한 정밀함이 가끔씩 아쉬움으로 남는다.

3. 다이어트 고고~티벳

人旅行不是为了到达，而是为了旅行。 -歌德
사람이 여행을 하는 것은 도착하기 위해서가 아니라 여행하기 위해서이다. -괴테

틈틈이 운동으로 체력관리를 해오던 터라 걱정 없었다. 매일 10,000보 이상 걷기, 대중교통 대신 도보 이동을 우선시 하면서 생활해 왔다. 의사들의 조언처럼 일주일에 3회 이상은 땀 흘리는 운동을 하면서 적절한 식단조절로 생활해왔기에 큰 문제가 없을 듯 했다. 40대에 건강 검진을 받았을 때 심혈관 건강지수가 30대 신체에 해당한다고 해서 더욱 기세 등등 했다. 그런데 그러한 자신감이 한순간에 무너지는 사건이 있었다. 바로 티.벳.여.행.

중국은 땅이 넓은 만큼 지형도 매우 다양하다. 고산시대, 설산시대, 사막, 초원, 호수, 삼림지대 등 다양한 지형이 분포되고 있다. 전체적으로 보면 주로 남서쪽은 고산지대, 북서쪽은 사막이나 초원지대, 중부와 동쪽은 평야지대라 많은 사람들이 중부, 동쪽지역으로 위치해 생활하고 있다. 지금 거주하고 있는 연길도 동쪽지역으로 평야 지대에 속한다. 먹거리가 풍부하고 생활하기 좋은 여건들을 갖추고 있다.

방학을 맞이해서 다양한 지형 체험, 고산지대를 방문해 보기로 했다. 일명 티.벳.투.어. 남서쪽 고산 지대에는 세계의 지붕이라 불리는 티벳고원이 있는데 중국 사람들은 칭짱 고원이라 부른다. 칭하이성과 시짱 자치구의 글자를 따서 칭.짱.고원지대라고 부르는 것이다. 이곳에 유명한 히말라야 산맥도 있고 8000m이상의 봉우리 12개중 7개가 중국에 포진되어 있다. 2005년에 칭하이성과 티벳 시짱 자치구를 연결하는 철도, 일명 칭짱 철도가 완공되어 2006년부터 철도로 여행이 가능해 졌는데, 이 철도의 특징은 세계의 지붕을 잇는 철도라는 별명이 붙은 해발 3000m~5000m까지 오르내린다. 승객들의 고산병을 막기 위해 기차 내에도 비행기처럼 기압 조절 장치를 해놓아 큰 무리 없이 여행이 가능하도록 했다. 외국인 여행객들의 까다로운 티벳 입국 수속을 마치고 무사히 티벳(라싸)에 도착해서 여행을 시작하려 했는데 큰 어려움이 처음부터 부딪치게 된다. 바로바로 고.산.병. 높은 산에 올라가면 기압이 낮아지고, 산소가 부족해지는 바람에 나타나는 불쾌감, 두통, 구토 등의 증세, 심하면 현기증이나 정신 이상 등의 증상을 동반하게 되어 미리 고산병 약을 먹거나, 간이 산소통을 구입해서 사용하기도 한다.

여행 시작 전 건강관리 잘한 나에 대한 걱정은 하나도 없었다. 단지 여행팀원 선생님들의 건강의 심히 우려되긴 했었다. 저혈압 증세가 있는 여 선생님, 고혈압 증세가 있는 남선생님 등. 수분 섭취 잘하면서 큰 무리 없이 보행하면 어려움 없으려니 했었는데 티벳 도착 첫날부터 고산증의 어려움이 닥쳐오기 시작했다. 망치로 머리를 찍어 내는 듯한 극심한 두통에서부터 속이 미식거리고 울렁거리며 소화불량, 그리고 어지럼증 모두가 한꺼번에 몰려오기 시작했다. 약으로 하루 이틀을 버텼지만 결국은 이러다 죽겠다 싶었던 선생님은 신속한 조귀 복귀를 시도했다. 9명이 시작한 여행에 1/3인 3분의 선생님이 여행 중간에 집으로 돌아갔다. 중국내 비행기 직항이 없어 다른 도시를 경유해서 가야하는 난점이 있었으나 놀라운 것은 비행기로 중간 경유지에 도착하자마자 매우 힘든 건강 상태였던 선생님들의 상태가 바로 호전되었다는 것이다.

일주일간의 여행을 마치고 집에 돌아와 체중을 재었더니 무려 3kg 감량~ 성인 남성이 일명 연예인 몸무게로 변모 할 수 있는 쉽지 않은 지대의 여행임을 깨닫는 시간이었다. 사진 속에서 보는 티벳은 참 평화롭고 홀리한 느낌을 준다. 그러나 그 속에 고산병이라는 극악의 환경을 담으면 사진은 잿빛으로 변한다. 어찌어찌하여 히말라야 에베레스트 베이스 캠프(EBC)까지 방문하고 왔지만 구름 속의 산책은 상상과는 다르게 어지럽고, 메스꺼운 기억들로 아스라이 남는다.

그래도 티벳 여행을 꿈꾸고 있다면 강력추천이다. 최강의 다.이.어.트 여행지로 말이다.

2022 Tibet

虽然世界充满了痛苦，但也有很多人克服了痛苦 – 亨伦凯勒
세상은 고통으로 가득하지만 그것을 극복하는 사람들로도 가득하다 – 헬렌켈러

신문에 암울한 미래를 전망하는 기사가 떴다. 줄어드는 인구, 소멸하는 한국, 세계서 유례없는 저출산 국가란다. 합계 출산율 0.8명. 남, 녀가 결혼해서 출산하는 비율인데 1+1=2명을 출산하면 현상 유지지만, 1+1=>0.8은 둘이 결혼해 한명도 채 낳지 않는다는 것이다. 그러면 인구는 급격하게 줄어들어 절벽효과를 낳게 된다. 노동력과 미래의 성장 동력은 급격히 떨어지는 악순환.

인구 대국하면 떠오르는 대표적인 나라가 중국과 인도다 14억이니 15억이니 하는 인구의 수는 경제적으로, 정치적으로 큰 힘을 얻을 수 있는 숫자다. 중국도 1970년대 말부터 자녀수를 한명으로 제한하는 1가구 1자녀 정책을 시행하면서 1자녀 이상의 가정에 각종 불이익을 주었기 때문에 둘째 자녀부터는 호적을 올리는 않은 가정이 많았다고 한다.

호적에 올리지 않은 자녀들을 헤이하이즈(黑孩子)라 부른다. 글자대로 해석하면 '검은 자녀들'인데 법적이지 않을 때 헤이(黑)자를 붙이는 중국인의 습성에 따라 호적이 없어 법적인 테두리에 보호를 받지 못하는 자녀들을 헤이하이즈(黑孩子)다. 물론 도시에서보다 농촌에 자녀들이 헤이하이즈(黑孩子)인 경우가 많다. 그런데 40여년 세월이 흐른 지금은 한 자녀를 갖는 것이 대세가 되었고 당연히 이 자녀는 각 가정의 완전한 황제로 군림하고 있다. 조부와 외조부모, 부모 이렇게 여섯이서 달랑 아이 하나를 키우게 되니 자녀들은 황제급으로 급부상하게 된다. 태어난 해에 따라 1980년대 이후에 태어난 아이들은 빠링허우(八零后), 90년대 이후는 지우링허우(九零后), 2000년대 이후에 태어난 아이는 링링허우(零零后)로 불리며 각각 1기, 2기, 3기로 구분되는 샤오황띠(少皇帝)는 약 7억명 가까이 된다고 한다.

그들에게 쏠린 과도한 관심과 애정의 집착이 가끔씩 반인륜적인 범죄를 벌이는 일로 뉴스에 실리기도 한다. 일본 유학생인 왕모군이 상하이 푸동 공항에 마중 나온 엄마와 말다툼을 버리다 흉기로 아홉 번이라 찌른 뒤 도망친 사건이 발생했다. 엄청난 유학자금을 감당하려고 옷 장사까지 하며 뒷바라지했지만 샤오황띠(小皇帝) 아들은 생활비가 적다며 불평을 늘어놓았고 더 이상 유학비용을 대줄 수 없다고 하자 흉기로 찔렀다고 전해진다. 장난감을 사달라고 부모의 목을 조르는 패륜까지 샤오황디(小皇帝)의 폐해는 계속 논란이 되고 있다

40년간 시행된 인구 정책도 역사의 뒤안길로 사라졌으며 2016년 중국 정부에서 두 자녀를 허용하는 정책이 도입되었지만 이미 하나를 낳는 것이 관례가 돼버린 중국사회도 독생자들이 결혼을 하면서 자녀를 두는 것을 당연시 하게 생각하고 있고, 여전히 샤오황디(小皇帝)의 폐해는 계속 진행되고 있다.

중국도, 한국도 이제는 출산율의 급감을 걱정하고 있다. 뉴질랜드 여행에서 보았던 기차가 2개 차량만 끌고 다니는 그런 풍경이 이제는 곳곳에서 펼쳐질 것 같은 불안감도 있지만, 아직도 여전히 관광지에 가보면 끊임없는 인파로 고생을 하는 것을 보면 머나먼 미래처럼 아득하게 느껴지기도 한다. 뉴스 통계와 사회적인 모습의 불일치를 기뻐해야 할지, 아니면 위기로 느끼고 대비해야 할지 혼란스럽다.

4. 다문화 & 다민족

告诉你也会忘记的。

即使展示也很难记住。

但是，如果让我参与的话，我会理解的 -印第安谚语

말해 주더라도 잊어버릴 것이다.

보여 주더라도 기억하긴 어려울 것이다.

하지만 나를 참여하게 해 준다면 이해할 수 있을 것이다. - 인디언 속담

한국사회는 1990년대 이후로 꾸준히 국제결혼이 이어지면서 다문화 가정을 이룬 사회로 접어 들었다. 주로 아시아계 여성들이 한국인 남성과 결혼하여 한국사회에 편입되는 형태로 다문화 가정이 형성되고 있었지만 최근 들어 다양한 형태의 다문화 가정이 형성되고 있다. 학교교육에서도 다문화 학생들의 증가로 언어 문제 뿐만 아니라 이질적인 문화형태를 갖고 있는 아이들이 자연스럽게 어울릴 수 있는 교육 커리큘럼에 대한 연구도 많이 이루어지고 있다.

중국은 다문화국가라기보다 다민족국가 체제다. 56개의 민족이 어울려 살고 있는 다민족국가다. 92%가 한족이고 나머지 8%가 55개의 소수민족으로 구성되어 있다고 하는데 한족이 주류인지라 소수민족임을 밝히지 않고 한족이라고 말하면서 생활하는 중국인도 참 많다고 한다.

우리나라의 경우 주민등록증과 같은 중국의 거민 신분증에는 민족이 표기되어 있는데 한족이면 한족으로, 조선족이면 조선족으로, 몽고족이면 몽고족이 신분증에 적혀 있다. 예전에는 다민족에 대한 우대정책도 많았지만 지금은 그 우대정책이 점점 후태 되거나 사라지고 있다고 한다. 소수민족이 많은 이유로는 청나라 때 서쪽으로 국경을 넓히면서 많은 소수민족들을 청나라에 편입하는 과정을 거쳤기 때문이라고 한다.

사실 8%의 소수민족이라 하지만 모두 인구를 합하면 1억 명도 넘는 우리나라의 인구의 두 배 정도가 된다. 인구가 가장 많은 소수민족은 1,600만명이 넘는 좡족으로 좡족은 타이 계통으로 광시성, 윈난성, 광둥에 모여 살고 있고, 특별히 광시성은 좡족 자치구로 편성되어 있다. 청나라를 호령했던 만주족은 약 천만명

정도로 2위를 차지하고 있지만 이미 한족에 동화되어 고유의 문자와 언어가 사라진 상태고 후이족이라 불리는 아랍 계통은 당나라 이후 중국에 이주해 왔으며 대부분 이슬람신도들로 닝샤 후이족 자치구에 몰려 있다.

뉴스에 자주등장하고 분쟁이 많은 소수민족으로는 위구르족을 꼽을 수 있으며 신장 위구르 자치구에 살고 있다. 원나라를 세우고, 유럽과 아시아 대륙을 흔들었던 몽고족은 몽고 아래쪽의 네이멍구 자치구에 살고 있고, 티벳 계통의 짱족은 고유의 언어와 문제를 그대로 갖고 있고, 특별히 라마교를 믿으면서 중국으로부터 분리 독립하려는 욕구가 가정 거세다. 그래서 중국정부에서는 티벳을 여행하려는 외국인에 대한 단속과 검열이 매우 심하며 제출해야 하는 서류가 상당히 많아 여행하기 어려운 지역 중에 한곳으로 꼽고 있다.

우리와 같은 민족 혈통을 이루고 있는 조선족은 나날이 숫자가 줄어들고 있으며 민족에 대한 유대감도 점점 사라지고 있고, 그들 스스로 한민족의 후예라고 생각하기보다 중국인이라는 국적 인식이 날로 커지고 있다. 소수민족 우대정책의 일환으로 언어교육을 자유롭게 또는 그들의 민족의 특성을 충분히 인정해 주는 자치정책을 펴오다가 최근 들어서는 한족동화 움직임 정책이 많아지고 있으면서 이중 언어 병기 정책도 폐지되어 가고 있다.

우리나라에도 전라도, 경상도 지방색이 강한데 중국의 다민족국가 체제에서의 지방색은 깜짝 놀란 만하게 강하고 예민하다. 쓰촨(四川) 땅콩은 키가 작은 쓰촨 사람들을 깔보는 별명이고, 산시성(陝西省) 촌뜨기, 허난성(河南省) 당나귀, 난만(南蛮)쯔라는 남방오랑캐 등 지역성들의 민족들을 비꼬는 은어들도 제각각 유행이다.

몇 년 전에 상하이 소재 한 회사가 직원 구인 광고를 내명서 이상한 조항의 응시조건을 걸었는데 바로 허난성(河南省) 출신들은 사절한다는 차별적인 구인광고가 문제가 되었단다. 선전의 한 공안에서는 허난성(河南省) 출신들은 다 도둑놈이거나 사기꾼일수 있으니 조심하라는 현수막을 건 곳도 있어 허난성 출신들의 분노를 자아냈고 소송을 당하기도 했다.

다문화와 다민족의 해결점은 서로를 이해하고 배려하는 가장 기본적인 관계의 법칙의 실현이지만 언어가 다르다는 것, 외모역시 비슷하지 않은데서 오는 이질감의 근본요인도 무시할 수가 없다. 조선족이 많은 연길 지역에서 조차 한민족 동포이지만 국적이 다른 조선족의 생각과 문화가 무척이나 다를 때 놀랄 적이 많다. 민족의 힘보다 국가적 정체성이 더 커져가는 씁쓸함이 마음을 불편하게 만든다.

6. 그림 그리는 한자

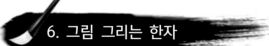

我的语言极限是我的世界的极限- 维特肯斯坦
내 언어의 한계는 내 세계의 한계이다 -비트켄슈타인

　전 세계적으로 가장 많이 사용하는 언어는 영어일 것 같지만 사실은 중국어라고 한다. 중국 대륙의 가장 많은 인구수를 보유한 덕분일 터이다. 최근에는 G2국가의 언어를 제2외국어로 배우려는 나라들도 많아지고 있는 것을 보면 중국어의 위상은 나날이 높아지고 있다.

　중국어를 접하면서 가장 어려워하기도 하고 특이하게 여겨지는 공통점이 있다. 다른 나라 언어에서 보기 힘든 글자에 음의 높낮이가 있는데 이를 성조라고 부르며, 성조에 대한 중국인들의 자부심이 대단하다. 한자가 대략 5만개 정도 되는데 중국어로 낼 수 있는 발음이 400개 정도라서 더욱더 세분화하여 구별할 수 있도록 성조를 만들어 발음수를 늘린다. 때문에 그 글자에 해당하는 정확한 성조를 발음하지 않으면 전혀 다른 뜻을 갖게 돼 이상한 상황이 발생하는 아찔함도 있다.

　다민족국가이기에 소수민족들이 저마다의 정통 언어를 갖고 있는 민족들도 있어서 서로 말이 통하지 않고 의사소통에 어려움이 많았다고 한다. 게다가 지역별 사투리(방언)도 있으니 적절한 소통에 어려움도 있었다. 중국 공산당 정부는 단결을 큰 목표로 1955년 보통화를 제정하고 널리 알리기 시작했다. 중국의 문맹률이 80%에 이를 정도로 한자 배움에 어려움이 많아 복잡한 한자를 간결하게 쓸 수 있도록 간체자를 고안해 보급하기 시작했다고 한다. 간체자는 기존 한자의 획을 많이 줄여서 쉽고 간편하게 사용 할 수 있도록 만든 개혁 문자다. 그러한 간체자 정책이 대만이나 우리나라에까지 미치지 않아 우리가 쓰고 있는 한자와는 모양이 조금 다른 형태를 띤다. 그래서 정통의 옛 한자를 사용하는 한국, 대만의 글자는 번체자라 하고 개혁을 통해 이루어진 가벼운 글자가 바로 간체자다.

　중국 사람들은 외래어를 마구잡이로 쓰지 않고 나름대로 한자를 이용해 비슷한 소리로 자기 나라 말로 번영해서 사용하는데 가장 멋지게 바꾼 글자 중 하나가 코카콜라라는 단어다 코카콜라를 중국식으로는 크어코우크얼러(可口可乐)라고 사용하며 뜻은 입에 맞고 먹을 수 있도록 즐겁다라는 뜻이 된다 우리나라 할인점인 이마트(이마이더, 易买得)는 쉽게 살수 있다는 뜻, 프랑스 할인점 카루푸(지아루푸 家乐福)는 가정에 즐거움과 복이 온다는 뜻, 해커는 (헤이크어, 黑客) 검은 손님이라는 뜻이 된다. 우리나라 수도인 서울의 이름만 해도 중국 사람들은 한동안 한청(한성의 중국식 발음)으로 불렀는데, 서울시에서 서울의 중국식 표기를 서울과 발음이 비슷하고 으뜸도시라는 뜻을 가진 (서우얼, 首尔)으로 바꿔 달라 요청해서 2005년 10월부터 서우얼이라 부르기 시작했다고 한다.

　중국에 파견으로 들어올 무렵 코로나19의 시작점이어서 입국과 함께 강제 격리가 되었는데 그 시설이 한청호텔이었다. 서울에서 한청으로, 다시 한청에서 서울로. 서울을 대한민국의 수도로 딱딱하게 보지 않고 으뜸 도시라는 뜻의 의미가 있어 기분이 좋아진다. 이참에 이것저것 단어별 중국어의 매력에 빠져보는 것도 좋을 듯하다.

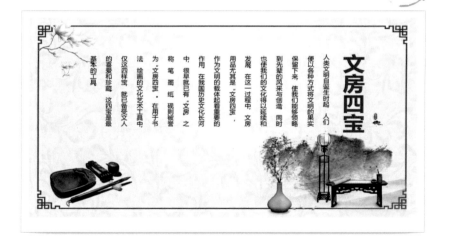

7. 알게 뭐야?

真正的问题在于人们的心。
那绝对不是物理学或伦理学的问题。 -爱因斯坦
진짜 문제는 사람들의 마음이다. 그것은 절대로 물리학이나 윤리학의 문제가 아니다.
-아인슈타인

  연일 뉴스에 쏟아지는 기사들을 보면 사람들이 정말 그럴 수 있나 놀랄 때가 많다. 옆에 사람들이 죽어가도 내가 알게 뭐야? 라는 극단적 이기주의 경향을 보여주는 기삿거리는 사람들의 공분을 낳는다. 특히 중국 사람들과 관련된 뉴스나 영상을 보면 대륙의 힘이라든지, 대륙의 기질이라는 특이한 행동 양식으로 사람들의 입에 오르내릴 때가 많다.

  2018년 여름에 칭양시에서 중국을 떠들썩하게 했던 사건이 있었다. 당시 19살인 모양이 시내 번화가에 있는 고층 건물(백화점) 8층 난간에 올라가 자살을 시도한 사건이었다. 고등학교 3학년이었던 1년 전 담임교사로부터 성폭행을 당할 뻔한 이후 심각한 우울증에 걸려 극심한 스트레스로 사회생활에 어려움이 많았었다. 시간이 지나면서 사건은 유야무야 돼 자신의 억울함을 풀고자 자살 시도를 하려고 했던 것이다. 소동이 일어나자 소방대원들이 긴급 출동해서 설득 작업을 벌였다. 많은 사람들이 위험천만한 상황을 안타깝게 지켜보던 것과는 달리 예상외 반응으로 인해 뉴스 기사에 오르게 되었다. 백화점 아래에서 그녀의 자살 기도를 지켜보는 시민들의 반응이다.
"뛰어 내리려면 빨리 뛰어내려라" 라고 외치는 사람, 심지어 일부 시민은 SNS에 " 더워 죽겠는데 짜증난다. 빨리 뛰어내려라, 도대체 뛰어 내릴거냐 말거냐 등" 항의 글을 올리기도 했다. 이런 반응에 더욱 충격을 받은 모양은 결국 자신이 붙잡고 있던 소방대원의 손을 뿌리치고 극단적 선택을 했다. 그런데 또 반전이 일어났다. 이러한 극단적 선택에 밑에 있는 많은 사람들이 박수를 치고, 환호성을 지른 것으로 알려졌다고 한다. 기가 막힐 노릇, 게임을 보듯 구경하는 이들의 가학적 정서가 너무 놀랍기도 하다.

교육을 통해, 사회적 규범을 통해 의인, 의사를 극찬하고 마땅한 인간의 도리로 소개하고 가르치고 있으나 그것이 현실로 이루어지는 것은 아주 드문 일이 되어 버렸다. 황당한 일 한가지 더, 여름철 홍수에 떠내려가는 사람을 두 눈 멀쩡히 뜬 채 구경하면서 '왜 저 사람은 수영을 해서 뭍으로 나오지 않나?' 무덤덤하게 말하는 사람도 있다고 한다. 익사 직전의 위기에 처한 사람들 돕는 것은 바보 취급받는 극단적 이기주이는 나도 어느 순간에 위기가 닥쳐오고 나 몰라라 내쳐질수도 있다는 두려움이 생긴다. 남이야 어떻든 나만 잘 먹고 잘 살면 된다. 한때 유행했던 '나만 아니면 돼' 라는 극단적 이기성 발언은 예능 프로에서만 나오면 좋겠다. 아니 예능에서조차 나오지 않았으면 좋겠다. 함께하는 세상이 더욱 따뜻하다는 평범한 진리를 만들어 가면서, 어려움을 함께 품고 녹일 수 있는 봄날 같은 세상이 펼쳐지면 좋겠다.

8. 머니~ 하오~

金钱就像海水一样。 那个越喝越渴。 -绍芬豪尔
돈이란 바닷물과도 같다. 그것은 마시면 마실수록 목이 말라진다. -쇼펜하우어

 현실적 금전관을 갖고 있는 중국인, 이러한 특징을 나타내는 중국의 속담에 천금지자(千金之子), 불사어시(不死於市)라는 것이 있다. 천금, 즉 돈을 많이 가진 부자의 아들은 절대로 길거리에서 객사 하지 않는 다는 뜻, 우리나라에서 유행했던 유전무죄, 무전유죄의 정신이 남겨있는 속담이다. 사실 이러한 금전관은 아직까지 사회 내부적으로 통용되는 경우가 많다고 한다. 뉴스나 미디어를 떠들썩하게 한 이슈화된 범죄가 아닐 때에는 사형판결을 받았어도 돈을 써서 감형을 받는 경우도 있고, 친인척의 재력과 사법당국에 관계자들을 이용해 영향력을 행사하기도 한단다.

 중국에서 돈으로 할 수 있는 일의 끝판왕은 청부 살인, 폭행, 복수일지도 모르겠다. 조폭계의 거물이 말한 바로는 사람 목숨을 빼앗아 주면 10만 元(우리나라 돈 천팔백만원 정도), 팔이나 다리 절단은 1만元 정도, 그냥 흠씬 두들겨 패주는 조금 가벼운 폭력 청부의 경우는 2000~3000元에 거래되는 경우가 많으며 도시에서 외각으로 빠지는 지방 도시의 경우 그 수법이 더욱 악독하고 잔인해진다고 한다.

 돈을 좋아하지 않는 사람이 있겠느냐 만은 우리나라사람도 중국인처럼 노골적이지 않지만 돈에 대한 집착이 대단하다. 중산층에 대한 기준은 나라마다 사뭇 다른데 우리나라의 경우 중산층의 기준을 금전적으로 설명하려 한단다. 직장인 대상으로 설문한 결과로는 한국 중산층의 의미는 부채 없는 아파트를 30평 이상 소유하고, 월급은 500만원 이상 자동차는 2,000cc급 소유, 예금통장 잔액 1억원 보유, 해외여행 1년에 한차례 이상 다니는 사람으로 응답하고 있다. 대부분 돈과 관련한 기준치이다.

유럽국가, 프랑스나 영국 유럽의 기준인 경우는 능력과 봉사 기여에 대한 부분을 이야기 한다. 외국어를 할 줄 하며, 직접 즐기는 스포츠와 악기가 있고, 남들과 다른 맛을 내는 요리를 만들 수 있고 약자를 도우며 봉사활동에 꾸준히 참여하는 사람(프랑스)라고 정의하고 있다. 영국에서는 페어플레이를 하며, 주장과 신념을 갖고, 약자 두둔하며 강자에 대응하는 독선적이지 않는 사람들을 말하며 미국의 공립학교에서는 자신의 주장에 떳떳하고 사회적인 약자를 도우며, 부정과 불법에 저항하며 정기적으로 받아보는 비평지가 있는 사람들이라고 가르치고 있단다. 중산층의 개념을 경제적으로만 바라보지 않는 서양인들의 시선이다.

중산층이 되기 위해, 돈을 쫓는 사람이 되는 것은 참 이상할지 모르겠지만 돈에 노예처럼 돈.돈.돈 하며 사는 사람들은 품격이 낮아짐이 당연할 것이다. G2 국가의 중국이 G1으로 도약하기 위해 필요한 과제 하나가 돈 하오(好)가 아니라 품성의 하오(好)가 되는 방향을 이해하고 실천하는 태도가 시급히 필요해 보인다. 그리고 다시 묻는다. 나는 어느 국가에서 인정하는 중산층일까라고. 욕심 같아서는 우리나라를 포함함 모든 국가에서 요구하고 인정하는 중산층의 시민이 되고 싶은 과욕의 든다.

9. 의식주&식의주

拿食物开玩笑的人不是饥饿的人。 -塔木德

음식을 갖고 장난치는 사람은 배고픈 자가 아니다.-탈무드

요리천국으로 불리 우는 중국, 중국인의 식탁을 살펴보면 한가득 늘 만찬일 경우가 많다 놀고, 마시고, 춤추는 것에 목숨을 거는 남미 사람들처럼 중국인들은 먹는 것에 인생을 거는 것처럼 보인다. 의식주문화가 아니라 순서를 바꿔 식 .의. 주 문화, 글자를 통해서도 중국인의 음식에 대한 철학을 살필 수 있다.

한자, 아름다울 미(美)는 큰대(大)자와 양양(羊)자가 합쳐서 된 단어다, 아름답다는 것은 크고 통통한 양한마리를 지칭한다. 맛있는 음식의 대표하던 먹거리 양이 아름다움의 상징이고, 거기에서 시각적인 아름다움, 청각적인 아름다움의 의미가 파생되었다고 보았다.

먹는 것을 빗댄 중국어 단어 중에 츠푸무(吃父母)라는 단어가 있다. 우리말 그대로 해석하면 부모를 먹는다로 번역 가능하며 패륜아 정도로 해설할 수 있는데 실제로는 부모에게 용돈이나 생활비를 얻어 쓰는 백수를 의미한다고 한단다. 흔히 캥거루족과 비슷한 중국 단어다.

부드러운 밥을 먹는 다는 의미인 츠루판(吃軟饭)은 아내가 버는 돈으로 밥을 먹는다는 뜻으로 우리가 흔히 쓰는 셔터맨의 뜻이고, 하얀밥, 맨밥을 먹는 다는 뜻으로 번역되는 츠바이판(吃白饭)은 실제로는 공짜밥을 먹는 다는 뜻, 역시 빈대 붙는다는 뜻이 된다.

중국에서 식사를 하다보면 둥근 원형의 식탁에서 하는 경우가 참 많다. 원형식탁의 배경은 소수민족의 화목과 단합의 상징이라고 한다. 56개의 민족이 모여 서로 식사를 하게 될 때 특별한 위계를 형성하지 않고 회전하면서 융합의 의미를 갖

는 것은 참 좋은 생각인 것 같다.

중국 요리 중에 특히 귀하다는 음식으로는 생선 요리를 꼽을 수 있다. 물고기 위(魚)의 발음이 여유롭다, 넉넉하다는 의미의 위(裕)와 비슷하기 때문이란다. 특히 새해에는 1년 내내 풍요롭고 여유가 있고, 넉넉 하라는 기원의 의미를 담아 생선요리를 먹으며 생선 요리 중에 단연 1등은 잉어요리다. 잉어를 뜻하는 리위 (鯉魚)가 이익을 뜻하는 리(利)와 발음이 같기 때문이며, 그래서 중국인들은 사업이나 협상문제로 만났을 때 잉어를 대접하면서 자연스럽게 분위기를 이롭게 만들어 간다고 한다. 실제 맛을 보면 민물고기의 흙맛이 나면서 한국인들은 그다지 선호하지 않을 것 같은 음식 메뉴중 하나다.

술이나 차 주전자의 입이 사람에게 향하지 않도록 하는 것이 불문율이라고 한다. 주전자의 입 부분이 사람을 향하면 해당하는 사람이 구설수에 오른다는 미신이 있고, 생선을 뒤집어 먹으면 잘나가는 인생이 뒤집어 진다고 생각해서 뒤집는 행위를 금기시 한다. 달걀 요리의 경우에는 두 개를 조리해 놓으면 너는 얼간이 (二蛋)이 라는 의미를 연상시키기 때문에 그렇게 요리해서 내놓는 일은 거의 없다고 한다. 배를 쪼개먹는 것은 결별, 이별을 의미한다고 해서 금기하며, 피로연 음식으로 파를 내놓는 것도 금지라고 한다. 파, 총(蔥)이 싸움과 다툼을 말하는 충(衝)과 같아 신혼부부가 헤어질 것을 우려하기 때문이다. 라임과 음식의 연결성을 기묘하게 설정하여 시도하는 문화도 독특하다.

식문화와 관련하여 중국학교에 근무하는 선생님과 대화하는 중 서로와 문화차이로 극명하게 나타난 경우가 있었다. 중국학교에서는 대부분 급식으로 어떤 음식을 먹느냐고 물어 보았는데, 아침, 점심, 저녁을 주로 간단한 면으로 먹는다고 한다. 그래서 어떻게 하루 종일 면으로 만든 음식만 먹느냐고 반문하니 오히려 한국 사람들은 어떻게 아침, 점심, 저녁 모두 밥만 먹을 수 있느냐며 반문을 하게 되더란다. 하루 종일 면만 먹으면 이상하다는 식문화는 어찌 보면 아침, 점심, 저녁밥을 꼭 먹어야 한다는 한국인의 식성도 이해 안가는 것 또한 마찬 가지겠구나 라는 생각이 번쩍 들었다.

이외에도 중국인들은 생 음식(채소나, 회 등등)은 대부분 사람들이 어려워하거나 싫어하는 편이며 거의 모든 음식을 반드시 기름에 볶거나 튀기는 형식을 기본으로 하게 된다. 물론 학교 급식으로 나오는 모든 메뉴는 익혀야 한다는 것이 거의 법이다. 사정상 볶거나 튀기는 것이 어려면 굽거나 삶기라도……마오쩌둥이 매운 것을 먹지 않는 사람은 혁명을 말할 수 없다라고까지 하면서 요리에 대한 정치적 의견을 피력했다. 혁명적인 것, 급진적인 것, 과격한 것과는 잘 어울리지 않는 나는 음식 또한 매운 것도 역시 입맛에 안 맞는 것 같다. 사상과 식문화의 일치

성에 대해 생각해 보게 되는 순간이다.

10. 선물 금지 품목

岁月不能找回，不要在无聊的事情上浪费时间，要时刻不留遗憾地好好生活-卢梭

되찾을 수 없는 게 세월이니 시시한 일에 시간을 낭비하지 말고 순간순간을 후회 없이 잘 살아야 한다. -루소

손목선에 나타나는 개성만점의 시계들, 특별히 명품 시계를 로망하는 사람들도 있다. 시계의 목적인 시간 정보를 보는 것과 별개로 패션과 멋의 추구는 인간의 욕망을 끝없이 자극한다. 아날로그에서 디지털시계로의 전환으로 급격히 시계 산업이 사향길로 접어든 듯 했으나 다양한 패셔니스트들과 아이티 디지털 족으로 인해 스마트 워치 시장도, 명품 시계 시장도 아직 건재하게 자리 잡고 있다.

한국에서는 흔히들 개업식, 결혼식, 집들이 때 시계를 선물하곤 하는데 중국에서는 시계 선물이 대부분 금기시 되고 있다. 선물하기 딱 좋은 시계 라는 단어의 음 종(鐘)이 끝을 내는 마칠 종(終)의 발음이랑 같아서 시계 선물은 마치자, 끝내자 라는 의미를 부여한다고 생각하고 오해를 사기 쉽기 때문이다. 개업식 때 시계 선물은 네 사업 망하길 소망한다는 뜻으로, 결혼식 때 시계선물은 관계를 끝내라는 뜻으로 등등.

시계의 종(終)이라는 의미는 보내다, 드리다의 송(送)과 합치면 시계를 선물하다의 송종(送鐘)의 발음이 장례를 치루다의 송종(送終)과 같아진다. 나이가 지긋하진 분에게 시계 선물은 죽음을 선물하는 조속한 죽음을 기원하는 불길한 의미와 같아지게 되는 것이다. 기분 좋게 나누거나 줄 선물도 그들의 문화를 세심히 살피지 않으면 실수하기 쉬워지고, 그로 인해 관계도 파괴되는 경우가 많다. 아니함만 못한 선물 나누기는 참 어렵기도 하다.

이외에도 거북이 모양의 물건도 선물 금지 품목에 하나이다. 거북이란 단어가 주로 중국에서 욕으로 쓰이고 거북알을 의미하는 乌龟蛋는 부모님을 심하게 욕하는 말이라고 한다. 우리나라에서는 거북이 모양 금을 선물하면 장수와 풍요를

비는 반면에 중국에서는 부모욕을 하게 되는 꼴이니 모양 선택도 조심해야 한다.

  그러면 중국인들에게 선물하기가 매우 어려워지고 선택의 폭도 좁을 듯 하지만 쉽게 할 수 있는 것이 있다. 바로 중국인 모두가 좋아하는 홍빠오(红包)다. 그것 또한 축의금과 선물의 의미로는 짝수를 부의금을 할 때에는 홀수로 주는 게 일반적이라고 한다. 선물도 권할 때는 선뜻 받지 않는다고 쉽게 포기하면 안된다. 세 번 정도의 거절이 익숙하다니 4번 이상은 권하고 계속해서 선물을 주는 집요한 정성이 중국인들에게는 필요하다. 세밀하게 그들의 문화를 잘 살피지 못하면 큰 오해를 불러 일으 킬 수 있는 선물 목록, 중국인들의 이해를 높일 때 선물의 품격도 함께 올릴 수 있을 것 같다.

11. 팔팔하게~

播下思想种子，行动就会收获果实。
撒下行动的种子，就会收获习惯的果实。
播下习惯的种子，就会收获人格的果实。
播下人格的种子就会收获命运的果实。   -印第安谚语
생각의 씨를 뿌리면 행동의 열매를 얻는다. 행동의 씨를 뿌리면 습관의 열매를 얻는다.
습관의 씨를 뿌리면 인격의 열매를 얻는다. 인격의 씨를 뿌리면 운명의 열매를 얻는다.
-인디언 속담

  8자의 위력, 전화번호나 자동차 번호는 막대한 프리미엄이 붙어 거래가 된다. 8,888元이나, 8만 8888元등이 붙어 있는 고급 상품들이 백화점에는 즐비하다. 심지어 중국 사람들이 좋아하는 보석류인 옥의 가격이 88만8888元인데도 눈 하나 까딱하지 않고 구입하는 통큰 부자도 있다.

  각종 대회에서도 가급적이면 8을 연계해 날짜나 시각을 잡는 경우도 허다하다. 베이징 올림픽도 개회식을 2008년 8월 8일 오후 8시 8분에 열고, 폐회식마저 오후 8시에 열었다. 광저우 아시안 게임도 8시에 여는 것을 보면 8에 대한 중국인들의 집착이 남다르다고 볼 수 있다. 그런 의미에서 중국인들이 우리나라 올림픽을 개최했던 것을 너무나도 부러워한다고 한다. 만약 88올림픽이 중국에서 열렸다면 대부분 중국 사람들은 1988년 8월 8일 오후 8시 8분에 개최 되었을 것이라고... 우리나라에서 최초로 올림픽이 열렸을 때 중국에서는 대신 1988년 8월 8일 8시 8분에 전국의 예식장들이 인산인해를 이루었다고 한다. 공공장소, 식당 불문하고 그날은 엄청난 인파를 몰고 다니며 축제의 날로 마무리 했다는 후문. 북경에서만 5500커플이 결혼을 했고, 난징에서는 200명 이상이 출산을 했으며, 2008년 태어난 아기들 중에서 올림픽을 뜻하는 이름을 가진 신생아도 4100명이라고 한다.

  중국인들은 기본적으로 해음(같거나 비슷한 음)을 중시하는데 팔(八)과 발전의 파(發)은 비슷한 음이라는 것이다. 파는 출세, 발달, 부자, 발전의 의미로 높은 관리들이나 서민 모두 팔(八)에 대한 애정이 가득할 수밖에 없다. 부자되세요의 파

차이(发财)도 팔의 음이 들어간 덕담 중에 하나다.

물론 중국 사람들은 8이외에도 좋아하는 숫자가 더 있다. 두 번째로 좋아하는 숫자를 이야기 해보면 6라는 숫자를 꼽는다. 6(六)는 흐르다의 流와 비슷한 발음을 가지고 있어서 순조롭게 흐른다라는 의미로 6을 좋아한다. 온라인 상에서 게임을 할 때   666을 사용하면 네 덕분에 순조롭다는 뜻으로 최고야, 대단해와 같은 말 대신 많이 사용하는 숫자다.

6과 거꾸로 된 모양의 9(九)도 좋아하는 숫자다. 장수한다는 의미의 지우(久)와 비슷한 발음이어서 좋아한다. 실제 중국 황제들의 옷에는 장수에 대한 열망을 9마리 용을 자수로 새겨 넣는 방법으로 좋아함을 나타냈다. 진시황만 장수의 꿈을 지닌 것은 아니다. 중국인이라면 모두 불로초에 대한 이상이 있고, 그것은 숫자 사랑으로 동반하여 나타나고 있다. 북경의 랜드마크 자금성은 유난히 9라는 숫자와 연결성이 있는데 9개의 문과 그 문에 박힌 못이 가로 세로 9개, 궁전 계단도 9개, 전체 방의 수가 9999개가 되어 있다.

우리와는 조금 다른 이유로 7이란 숫자는 싫어하는 경향이 있다. 우리는 럭키 7이라 하여 행운을 상징한다고 여기는데 중국인들은 화를 내다의 치(气)와 비슷한 발음을 가지고 있어서 싫어하는 숫자에 속한다. 죽음을 상징하는 4(死), 뿔뿔히 흩어지다는 뜻의 3(散)도 역시 싫어하는 숫자란다.

우리와는 다른 사고와 문화를 가진 숫자 감각, 중국인들을 대할 때 사전 정보를 알고 있으면 어색하지 않게 관계를 형성할 수 있을 것이다. 8, 6, 9로 중국인들과 호감 있게 관계를 맺어 보면 어떨까 싶다.

12. 국기와 색

只有万人在法律面前平等的国家才是稳定的国家-亚里士多德
만인이 법 앞에 평등한 국가만이 안정된 국가이다-아리스토텔레스

　빨간색 중국 국기를 본적이 있을 것이다. 오성홍기. 중화인민공화국 헌법 제136조에 의거하여 '오성홍기(五星紅旗)'라고 부르는데 빨강 바탕에 있는 큰 노랑별은 중국 공산당을, 작은 별은 중화인민공화국 탄생 당시 노동자·농민·소자산계급(小資産階級)· 민족자산계급(民族資産階級)의 4계급으로 성립된 국민을 나타낸다. 정렬의 빨강은 혁명을 상징하는 전통적인 색이고 따뜻한 별의 노란색은 광명을 의미함과 동시에 황인종을 가리키는데 국기의 상징물 안에 들어있는 색을 중국인들은 끔찍이 좋아한다.

　붉은색과 황색, 이 색들은 행운을 불러오고 나쁜 운을 막아준다는 의미가 있어서 극도로 좋아한다. 중국인들의 붉은색 사랑은 여러 기념일에 여실이 드러난다. 한국의 설날인 춘절에는 천지를 온통 붉은색으로 도배를 하며 연말이나 특별한 기념일에 터뜨리는 폭죽도 붉은색이다. 결혼식, 축하 연회등도 두말할 나위 없다.

　붉은색 사랑은 언어로도 표현되고 있다. 장사해서 이익이 많이 남는 것을 홍리(紅梨) 라고 부른다. 기관이나 단체에서 중요한 임무를 맡게 되는 인물은 홍런(紅人)이라고 부르고 연예인들같이 인기스타들은 홍싱(紅星)이라고 부른다. 잘 되는 것, 잘 나가는 것, 인기 있는 것, 좋은 것에 홍(紅)자를 붙이는 습관이 있는 것이다.

　선물도 역시 홍색인 경우가 많다. 촌스럽다고 느껴지는 빨간 겨울용 상하, 내복, 심지어 팬티, 양말까지 마트에 늘 전시되어 있고, 선물로 주고 받는 것이 전통이 되고 있다. 용돈으로 주는 것도 홍(紅)바오, 심지어 뇌물로 주는 것도 홍(紅)바오에 넣어 주면서 혹시나 모를 액땜을 붉은색 봉투에 넣음으로서 막아보고자 하는

마음이 있다고 한다.

붉은색 다음으로는 황색을 좋아하는데, 황색의 의미는 최고의 권력자를 상징한다. 노란색은 황제의 색으로 대중적으로 오랫동안 사용이 금지되었던 색이고, 노란색을 잘못 사용하였다가는 목숨을 잃는 경우도 있었다.

반면 싫어하는 색깔로는 흰색과 검은색이다. 흰색에 대한 혐오는 과거 장제스가 이끄는 정권을 백색 정권으로 불렀고, 마약의 확장과 범람을 백색오염으로 부르는 것으로도 추측 할 수 있다. 그래서 백색봉투에 축의금이나 뇌물을 건네는 경우는 인간관계가 파탄 날수도 있다는 각오를 해야 한다고 한다.

흰색 다음으로는 검은색도 매우 싫어하는 색중에 하나인데, 혐오 한다는 인식을 몇 가지 단어로도 알 수 있다. 숨어 사는 범죄인을 헤이런(黑人) 불법택시는 헤이처(黑車), 1자녀 정책으로 호적에 오르지 못한 사람을 일컫는 사람을 헤이하이즈(黑子), 참고로 헤이하이즈(黑子)의 경우 중국정부에서 저 출산추세에 따라 1가구 1자녀 정책을 개선하기 위해 호적에 오르지 못한 자녀들을 올려주는 정책을 폈었는데 그 당시 헤이하이즈(黑子) 숫자가 1400만명이나 되었다고 한다. 서울인구보다 많은 미등록 자녀들. 음성적인 영역을 검은색으로 묘사하는데, 구두쇠 수전노처럼 인색한 사람을 검은색을 넣어 헤이옌피라고 부른다.

중국 사람이 그런 취향을 갖는 것에 비해 나는 붉은색, 노란색, 흰색, 검정색이 모두 맘에 든다. 이유는 단 하나다. 강렬한 원색의 색채감이 사진을 선명하게, 또렷하게 찍어내는 예술성이 주고 있기 때문이다. 밋밋함은 싫다. 복이 되었건, 장수가 되었건, 정결함이 되었건 간에 베네통의 패션 스타일처럼 화려함의 색채가 맘에 든다. 단 중국인과 교류 할 때는 적절한 문화적 예절과 전통을 맞추려는 아량을 함께 갖고 함께해야겠지만 말이다.

13. 폭죽 잔치

没有音乐的人生是错误的，疲惫的人生，也是被流放的人生-尼采
음악이 없는 삶은 잘못된 삶이며, 피곤한 삶이며, 유배당한 삶이기도 하다-니체

연말이 되면 정말 시끌시끌하다. 연말이나 특별한 절기가 아니라 개인적인 각종 기념일, 이벤트, 행사 날에도 도시는 폭죽의 도가니로 시끄러워진다. 베이징의 CCTV 화재 사건 이후로 폭죽에 대한 제약과 금지조건이 많이 생겼지만 아직도 도시 외각으로 빠져나가면 밤새도록 터뜨리는 폭죽으로 중국인들뿐 아니라 외국 인들은 불면의 밤을 지낼 각오를 해야 한다. 매 쾌한 폭약 냄새, 천지를 진동하는 쿵캉거림, 자동차나 전기 오토바이 등에서 신호 오작동으로 띠띠띠 경고음으로 불쾌한 사운드를 만들어 낸다. 보는 사람, 터뜨리는 사람들만 신나는 폭죽 터뜨리기는 왜 하는 것일까?

폭죽은 중국의 1500년의 역사를 나타냄과 자랑이다. 당나라 초기에 재해 때문에 온 나라의 질병이 만연한 적이 있었는데, 누군가가 죽통 속에 초석을 넣어 불을 달아 터뜨렸더니 역병과 전염병이 순식간에 그쳤다고 한다. 물론 교묘한 시점의 일치였겠지만 중국인들은 이를 계기로 폭죽의 파워(악귀를 내좇고 질병을 물리치는 신비함)를 맹신하는 분위기로 만들어 갔을 것이라고 추측하고 있다.

아파트 단지 내에서도 연속적으로 올라오는 폭죽을 마주한 적이 있었다. 24층의 높이였는데 베란다로 올라오는 폭죽, 눈 바로 앞에서 터지는 불꽃의 향연은 매우 현실적이고 실감났다. 최근에는 과학(화학)의 발달과 기술의 진보로 이미지화한 불꽃쇼가 곳곳에서 펼쳐진다. 스마일부터 각종 꽃, 나무, 상징물들이 교묘히 배치한 폭죽으로 만들어 낸다. 게다가 음악과 함께 만들어내는 불꽃 예술도 장관이다.

밤하늘을 수놓는 불꽃, 공중으로 올라오는 폭죽의 선 가름은 매우 매력적이다.

폭발하면서 그려내는 화려함도 일품이지만 폭약이 로켓처럼 뜨거움을 품고 공중으로 상승해 나가는 도약의 과정도 매력적이다. 어떤 모양으로 펼쳐질 지지에 대한 기대감이라든지 폭발 전 긴장감의 상승이 주는 흥분이라든지 등등.
중국인들의 폭죽사랑은 아낌없는 폭죽 구입 비용으로도 이어진다. 평균적인 국민 소득을 생각해 보았을 때 폭죽은 한사람 월급을 훌쩍 넘을 정도로 많이 다양하게 구입해서 터뜨리는 것을 보면 과연 그렇게까지 무리 해야 하나라는 의문이 들지만 그 속에 숨은 기대치와 소원을 생각해 보면 몇 만위엔씩 폭죽을 구입해서 순식간에 사라지는 폭죽이 아깝지 않다고 생각하는 것 같다.

 춘절 시작전 호텔을 예약했단. 고층에서 내려 보는 불꽃의 풍광을 감상하려 함이었다. 0시를 기면서 이곳저곳 두더지 올라 오 듯 올라오는 불꽃쇼를 보면서 아파트에서 보는 것과는 다른 느낌을 갖게 되었다. 소음에 대한 피곤함이 덜하였고, 호텔의 잠시 낯선 장소에서의 불꽃쇼의 이색감이 새로웠다. 호텔 조식은 플러스. 엘레강스한 예술 체험을 맛보고 싶다면 전망좋은 고층 호텔에서의 불꽃놀이 감상을 강추해 본다.

14. 진짜가? 가짜가?

旅行是连接城市和时间的事情。 但是对我来说，最美丽、最具哲学性
的旅行就是停留期间出现的空隙。 -保罗·瓦莱丽

여행은 도시와 시간을 이어주는 일이다. 그러나 내게 가장 아름답고 철학적인 여행은 그렇게
머무는 사이 생겨나는 틈이다.-폴 발레리

중국하면 떠오르는 이미지 중에 하나는 짝퉁 왕국이라는 것이다. 짝퉁을 의미하
는 산자이(山寨)라는 말이 있는데 원래의 뜻은 산적의 소굴을 뜻하고, 정부의 관
리정책이나, 통제를 벗어난 지역의 뜻으로 확대해서 쓰인다. 짝퉁은 산적들이 사
용하는 통제 밖 불법 물건으로 이해 할 수 있을 것 같다.

짝퉁에 대해 대대적인 단속과 엄격해진 법 시행으로 중국 상품의 흐름도 많이
나아지고 있는 것처럼 보인다. 상하이에 거주 할 때는 짝퉁전문 시장가? 형성되
어 있었고, 그곳에서 상점 단속하는 것을 보았는데 전시 작전 수행하는 것처럼
엄중하게 공안들이 짝퉁 주들을 검거해 갔다. 들리는 말로는 엄청난 양의 짝퉁
제품을 통용한 상점주에 대해서는 사형이 선고 되었다니, 어마어마한 벌금이 매
겨졌다고 하는 말들이 들렸지만 어디까지 사실인지 여부는 확인 할 수 없었다.
그럼에도 아직 중국 전역 곳곳에서는 짝퉁 제품이 계속 만들어 지고 있다. 작게
는 껌에서부터, 사탕, 자동차 등등. 상상 할 수 없는 제품에까지 짝퉁 제품을 만
드는 중국인들에 대한 대단한 창의성(?)에 감탄이 이어진다.

시멘트를 넣어 만든, 호두가 있고, 젤라틴 등 화학성분으로 만들어 놓은 짝퉁
삶은 달걀, 중국 인터넷에는 가짜 계란 제작 기술이 널리 퍼져 있다고 한다. 제
조 방법을 교습 받는 비용으로는 우리 돈 10만원 대 라고 한다. 그 돈내고 배울
까 싶지만 혜초에서 추출한 나트륨과 탄산칼륨, 식용 색소 등을 사용하면 생각보
다 쉽게 계란을 만들 수 있고, 껍데기며, 흘러내리는 흰자와 동그란 노른자의 질
감 등은 육안으로 분간하기 어려울 정도라고 한다. 식량 연구소, 미래 대안 식품
연구소를 차려도 좋을 법 하다.

흔히 짝퉁하면 우리는 명품 가방이나 시계 정도를 떠올리지만 중국에서는 이처럼 상상을 뛰어넘는 제품들이 널리 보급되어 있다. 가짜 달걀뿐 아니라 가짜 쌀, 심지어 중국 패키지에 상품 코스에 짝퉁 전문 쇼핑센터가 들어 있기도 한다. 사치품에서부터 공산품, 일상 용품으로까지 그야말로 중국은 아직도 짝퉁 천국이다.

전자제품을 수리하기 위해 중국 수리 점에 갔다가 낭패를 당한 적이 있다. 패드 전원 불량으로 수리 점에 수리를 맡긴 적이 있는데 64G용량이 어느 순간에 가품 16G 저사양으로 바뀌어져 수리 되어 나온 적이 있다. 그래서 본래 용량을 확인하며 따지 듯 물었더니 제품에 64G 용량은 원래 없었다며 생떼를 부리는 기사를 본적이 있다. 그래도 수리는 되었으니 다행이다. 어떤 분은 노트북 문제로 수리를 맡겼는데 수리 불가 통보를 받아 한국 귀국길에 한국에서 서비스 받아야겠다고 센터에 방문했는데 센터 기사의 말이 기가 막히다. 노트북 안에 부품이 없어요. 짝퉁 대체가 아니라 아예 부품 가로채기다.

중국 짝퉁 제품을 보면서 이것저것 많은 생각 들이 든다. 저렴하게, 복제되어 나오는 과정들을 보면 그들의 삶의 방식을 조금 읽어 내려 갈 수 있게 된다. 놀라운 발상의 전환에 짝퉁이라는 문화도 한 몫을 하고 있으리라. 모방 속에 새로운 창의적 장점을 숙고해 볼 필요도 있어 보인다.

15. 마샹, 마냥 기다려

知道如何等待的人会在适当的时候得到一切 - 文森特
어떻게 기다려야 하는지 아는 자에게 적절한 시기에 모든 것이 주어진다-빈센트

어떻게 기다려야 하는지 아는 자에게 적절한 시기에 모든 것이 주어진다는 빈센트의 말이 꼭 들어맞는 말이 있다. 중국말 중에 흔하기 듣는 말, 바로 마샹(马上)이다. 한자풀이를 하면 지금 출발하기 위해 말의 안장에 올랐다는 뜻이다. 기본적인 생각으로는 말에 올랐으니 그럼 빨리 도착 하겠구나 라는 추측을 하겠지만 중국인들은 이제 준비가 되었다는 뜻이다. 그래서 언제 떠날지, 또 얼마나 말이 빨리 달릴지 모른다. 그러니 마샹은 이제 준비되었으니 너는 기다려라 마냥의 뜻으로 받아들이면 편하다는 것이다.

한국에서 중국집에 배달여부를 묻기 위해 전화하면 곧 도착해요라고 말하면 아, 이제 출발하는 구나라는 메시지로 이해하고 10분 내외로 도착하지만 중국은 이것에 더하여 훨씬, 훨씬 더 많은 기다림을 요한다.

중국인 친구와 여행했던 어떤 이는 마샹따오(马上到)라고 하길래 이것 저것 짐을 챙기며 내릴 준비를 하니 중국인 친구가 묻더란다. 지금 뭐하냐고? 그래서 바로 도착한다고 하니 짐을 챙기고 있다고 그래서 미리 준비한다고 했더니, 씩 웃으면서 하는말 2시간 정도 더 있어야 역에 도착 한다다. 그래서 그럼 왜 마샹따오(马上到)라고 했냐 물으니 20시간 장시간 열차에서 2시간은 마샹이라는 뜻이다. 지극히 대륙 스러운 대답이다.

내게도 마샹은 늘 기다림의 연속이다. 지인들과 함께하는 티벳 여행 중 실제로 22시간정도의 침대기차 여행이었는데 지루하기는 마찬가지였다. 거의 도착할 시간쯤이 이제 열차에서 내리겠구나 하면서 짐을 챙기고 있었는데 연착된다는 안내 방송이 나오기 시작했다. 그래서 객실 승무원에게 언제쯤 도착하냐 했더니 역시나 마샹따오(马上到)라고 하는 것이었다. 그때는 짐작 그래 조금 늦어도 10~30분정도 늦게 도착하겠구나 하며 기대했는데 도착 예정시각은 2시간이 훌쩍 넘었다. 마샹의 개념이 참 상대적이라는 사실도 알게 되었다.

 마샹속에 등장하는 말은 인간에게 중요한 가축의 하나로, 전 세계에서 널리 사육되고 있다. 옛날에는 인간의 식량을 위한 사냥의 대상이었으나, 그 후 군용이나 밭갈이에 이용 되었고, 과거에는 승용용이었지만 이제는 레저 스포츠용으로 주로 이용된다. 내몽고 여행 중에 초원 말 타기 투어가 있었다. 실제 마샹 체험이었다. 말타고 (말위)에서 멋진 내몽고 초원을 바라보고 돌아왔다. 한 2시간 돌아본 것 같다. 중국의 마샹은 여유있게, 넉넉하게, 2시간으로 생각하면 된다는 생각을 갖게한 투어였다. 어떻게 기다려야 하는지, 얼마나 기다려야 하는지 아는 자에게 적절한 기회와 시기가 주어진다.

16. 만리장성, 대장부

男子汉大丈夫 离家出走 , 在实现愿望之前 不回家。 - 尹奉吉

사내대장부는 집을 나가 뜻을 이루기 전에는 집에 돌아오지 않는다. - 윤봉길

　중국을 방문하면 대부분이 찾는 다는 만리장성, 예전에 우주에서도 보인다는 불가사의한 문화유산으로 만리장성을 입에 오르내리곤 했다. 사실인 듯 여겨 왔으나, 확인해 본 결과 우주에서는 만리장성이 보이지 않는다. 압도되는 규모에서 추측성 말들이 생겨난 것 같다.

　만리장성은 중국의 역대 왕조들이 북방 유목민족의 침공을 막기 위해 세운 성벽으로 '장성(長城)'으로 줄여 부르기도 한다. 중국을 최초로 통일한 진(秦)나라 시황제(始皇帝) 때에 처음 건립 되었다고 남아 있는데 오늘날 남아 있는 성벽은 대부분 15세기 이후 명나라 때에 쌓은 것이라고 한다.

　서쪽의 간쑤성[甘肅省] 가욕관[嘉峪關]에서 동쪽의 허베이성[河北省] 산하이관[山海關]까지 2,700km에 이른다. 지형의 높낮이 등을 반영하면 실제 성벽의 길이는 6,352km에 이르는 것으로 알려져 있다. 중국의 상징처럼 여겨지는 문화유산으로 1987년 당당히 유네스코 세계문화유산으로 지정되었다. 그리고 '인류 최대의 토목공사'라고 불리며 2007년에는 세계 7대 불가사의 가운데 하나로 선정 되었다.

　윤봉길 의사는 뜻을 이루기 전에 집에 돌아오면 대장부가 아니라 했건만 만리장성에는 장성에 오르지 않으면 대장부가 아니다 라는 글귀가 있다고 한다. 그곳에서 대장부임을 자부하면서 포토존 사진 촬영이 이루어지고 대중심리를 이용해서 돈을 벌고 있단다. 논리적이지 않은 이 문구하나가 사람들을 자극해서 경제적으로 이용하고 있는 것이다. 장성에 오르지 않으면 대장부가 아니고, 장성에 오른 사람만이 대장부라면 만리장성 구경 못한 수많은 남성들은 대장부의 범위에서 벗어나게 되는 불운이 시작 되는 것이다. 논리적이지 않다는 것을 알면서도 포토존의 유혹에 많이들 빠져든다. 아니 빠져들기를 원하는 심리일수도 있겠다.

 2009년에 중국정부에서 만리장성의 동쪽 끝을 기존의 산하이관에서 랴오닝성[遼寧省] 단둥시[丹東市]의 후산[虎山]으로 변경하며, 만리장성의 전체 길이를 종래의 6,352km에서 8,851km로 수정해서 발표했다. 곧 명나라 때에 후금의 침공을 막기 위해 산하이관 동쪽으로 랴오닝성의 선양[瀋陽], 푸순[撫順]을 거쳐 후산[虎山]에 이르는 지역에 장성을 연장해서 쌓았다는 것이다. 그리고 2012년에는 명나라 때의 장성만이 아니라 진·한 등 역대 왕조에서 세워진 장성들을 모두 포함하면 전체 길이가 21,196km에 이른다고 확장 발표했다. 동북공정, 역사 늘리기(?) 시작.

 만주가 예로부터 중국의 일부였음을 강조하려는 정치적 필요에서 비롯된 것이라는 비판이 제기되었지만 자신들의 주장을 뒷받침하기 위해 랴오닝성 지역에서 복구 작업을 벌이면서 과거 연(燕)나라와 고구려(高句麗) 시대의 유적들을 파괴하고 있다는 지적도 제기되었고 동북공정의 일환이 아닌가 의심이 들기도 한다. 실제로 우리나라 학계에서는 후산[虎山]을 고구려 때의 박작성(泊灼城) 유적지로 보고 있는데, 중국이 만리장성의 일부임을 내세우기 위해 이곳에 후산장성[虎山長城]을 새로 만들면서 고구려의 유적지를 훼손한 점을 큰 문제로 보고 있다.

 역사왜곡이 만리장성으로 연결되는 지점이 아쉽지만 문화유산으로서의 장성을 가욕간에서부터 베이징 팔달령장성, 산해관의 노룡두까지 실제로 만리장성의 끝에서 끝지점을 돌아보면서 장성의 길이에 대해 성벽의 축조 인력에 대한 인간적 감탄이 나오게 된다. 수많은 이들의 땀과 힘이 거대한 성벽의 세계를 만들어 냈고, 이제는 세계인들을 유혹하는 1등 관광 상품을 파생시킨 것이다. 동쪽 끝 장성이 있는 산해관에서 각진장성의 가파른 장성을 오르면서 (정상부분은 90도로 사다리타고 올라감) 흘렸던 땀들은 축조이 힘을 들인 이들의 새발의 피일 것이다.

17. 황산에서 황색을

生活是一场激烈的战斗。　-罗曼洛朗

산 다는 것 그것은 치열한 전투이다. -로망로랑

　중국에서 가볼만한 곳 1위에 많이 오르내리는 산이 있다. 바로 황산, 중국의 가장 아름다운 산'으로 알려진 황산(黃山)은 중국 역사 속에서 예술과 문학을 통해 끊임없이 찬사 받은 곳이다. 우리나라 사람들은 중국하면 '태산이 높다하되 하늘 아래 뫼이로다'의 시조에서 흔히 중국의 높은 산하면 태산을 떠 올릴텐데, 중국인들에게 태산은 그리 추앙받지 못한 풍경구에 속한다. 그에 비해 황산은 중국인들 모두 칭송할 정도로 대단한 추앙을 받고 있는 산이다. 참고로 중국은 풍경구의 등급에 따라 별점을 부여하는데 5개가 가장 높은 등급의 풍경구다.

　황산은 다른 여타 산들과 달리 구름바다 위로 모습을 드러낸 수많은 화강암 봉우리와 바위들이 연출하는 장엄한 풍경으로 유명하며, 오늘날에도 이곳을 찾는 방문객, 시인, 화가, 사진가들을 변함없이 매혹시키고 있다. 계절에 따라 각각의 모습으로 아름답지만 다양한 장관을 이루며 높은 산과 숲, 호수, 계단식 호수, 폭포, 석회질 모래사장 등이 어우러져 눈길을 사로잡고 있다. 호수는 맑은 파란색에 옥색 또는 초록색을 띠며 가을에는 나뭇잎이 온갖 색으로 물 드는 이곳은 색채의 알록달록한 단풍풍경으로도 유명하다. 황산의 소나무 하면 빼 놓을 수 없는 멋진 풍광을 만드는 주역이다.

　중국 역사 보더라도 언제나 유명인들이 황산을 찬탄하였고 이것이 황산 문화가 되었다. 사람들은 대대손손 이 산을 칭송하며 예술과 문학 유산을 풍부하게 남겼다. 황산은 중국 산수화의 경치 중에 으뜸이다. 당(唐)나라 때인 747년 6월 17일에 황제의 명령으로 이 산 이름을 황산(黃山)이라고 불렀다. 그러나 그때까지 외부 세계에서 이 산으로 접근할 수 없었다. 그 후로 시인, 문학가, 수많은 저명인사들이 이곳을 찾았고, 이제는 도심에서도 쉽사리 접근하기 좋게 각종 교통 시설

등 케이블카 등이 잘 설치되어 있다.

황산은 조카와 함께 오른 적이 있었는데 그때는 너무 힘이 든 산행이라 다시금 쳐다보기도 싫었었는데 이제는 체력 관리 덕에 다시 오르고 싶은 산이되었다. 그 당시 젊은 투기로 멋진 풍광 담겠다고 무거운 카메라 DSLR 메고 황산 오르다 황천길 갈 것 같은 경험을 한 적이 있다. 정상에 오르면 끝날 것 같더니 이 봉우리, 저 봉우리를 계속 오르내려야 하는 강행군을 요구한다. 가파른 경사로, 심지어 기어가다 시피 해야 하는 난 코스도 있으며 정상을 찍고 나면 다음 이동코스로의 똑같은 오르내림을 다시 반복해야 하는 운명에 처해진다. 황산가마꾼으로 극한직업 방송으로 출연하기도 했던 그들의 힘을 받고 싶었던 간절한 마음도 있었으나 차마 그러하지는 못했다.

황산의 별이 참 아름답게 빛났던 시각적 추억을 간직하기도 하지만 등산의 끝판 왕을 보여준 고됨도 황산 하면 잘 잊혀지지 않는다. 정말 그때는 얼굴이 누렇게 황색 빛으로 뜰 때까지 올랐던 기억이 정말 생생하다. 황제의 색을 산속에서 맛보고 싶다면 바로 바로 황산을 추천하는 바이다.

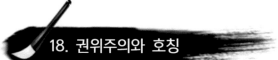

18. 권위주의와 호칭

对所有人亲切，在亲近少数人并信任少数人之前，先好好试验一下。真正的友情就像慢慢生长的植物，在给它起名之前，必须经历逆境，并战胜它。-乔治·华盛顿

모두에게 친절하되, 소수와 가까워지고 그 소수를 신뢰하기 전에 먼저 잘 시험해 보라. 진정한 우정이란 천천히 자라는 식물 같아서 이름을 지어주기 전에 역경을 겪고, 이겨내야만 한다 -조지워싱턴

바이든 대통령이 2013년 부통령 시절 펜실베이니아대학교졸업식에서 '중국인들은 창조력이 부족하고, 남과 다른 생각을 할 수 없는 이유 중 하나는 권위에 도전하지 못하기 때문'이라고 말했다고 한다. 이 연설을 접한 중국인들은 많이 불쾌했고, 매우 자극적이지만 본인들의 핵심을 건드렸기에 자아성찰이 일어날 계기가 되었다. 유교권의 문화에 있는 아시아 국가들의 경우 특히 관.본.위 사회의 특징을 갖고 있다.

왕은 왕답고, 신하는 신하답게, 아비는 아비답고, 자식은 자식다워야 한다는 사상이 개인의 독립적 사고권리를 빼앗는다고 판단하게 된다. 어떤 문제나 행위의 옳고 그름을 따지기 전에 먼저 지위, 나이, 성별을 보고 판단하는 경우가 많다. 그래서 자신감이나 자아의식이 서양인에 비해 동양인, 특히 중국인의 경우가 부족하다고 보고 있으며, 전체적인 사회적인 활력과 에너지, 역동성이 많이 떨어진다고 본다.

언어에서도 그러한 사상을 찾아 볼 수 있다. 중국에서 가장 보편적으로 사용하는 단어중에 하나가 시엔성(先生)과 샤오지에(小姐)다. 시엔성은 우리나라사람들도 대부분 그렇게 부르듯 ~선생님이지만 사실 교사를 지칭하는 말은 아니며, 교사는 라오스(老师)라 부르는 별도의 말이 있다. 선배, 미리 태어 난자, 연장자 존대의 의미라는 뜻으로 시엔성의 사용을 봐도 무방하다.

시엔성(先生) 보다 더 많이 쓰는 호칭으로는 스푸(师父)다. 이 스푸(师父)는 원래

어떤 방면에 유능한 기술을 가지고 있는 사람에게만 붙이던 것인데, 지금은 모르는 사람을 부를 때 보편적으로 쓰고 있으며, 성을 앞에 붙여 부르는 방법이 일반적이다. 왕 스푸, 진 스푸 등.. 여성보다는 주로 남성에게 더 많이 쓰인다.

산둥성에서는 시엔성이나 스푸보다 따꺼를 더 많이 쓴다고 한다. 따꺼(大哥)는 예전 홍콩영화, 중국영화에서 많이 들어본 용어일 텐데, 보통 우리나라에서의 의미는 조직 폭력배에서 흔히 쓰는 형님 같은 의미를 갖는다. 하지만 산둥성에서는 자기보다 나이가 한 두살이 많아 보여도 따꺼라고 부르고, 여성도 자기보다 나이가 조금 더 많은 여성을 부를 때 따지에(大姐)라고 부른다. 크다라는 의미를 좀 더 확장시키고 부각 시키려는 호칭 전술이 담겨져 있다.

50대 이상의 사람들이 서로 부르는 호칭으로는 통즈(同志)가 있는데 이는 사회주의 이념상 같은 뜻을 가진 사람들이란 뜻이지만 연세가 지긋한 문화 대혁명을 겪은 세대들이 일부 사용하고 있어 흔히 듣기는 어려운 단어다. 가장 쉽게 접할 수 있는 단어는 여행 중에 상점에서 외국인들에게 쉽게 쓰는 호칭으로는 펑여오(朋友)가 있다. 실제 친구들을 지칭할 때 쓰이기도 하지만 친근감의 표현으로 '나의 부탁을 들어줘'라는 의미로 상인들이 구매자들에게 자주 쓰는 말이기도 하다. 친구가 사달라고 하는데 부탁을 안 들어 주기 어렵다는 그런 인식의 표현인 것 같다.

연말 보신각종 타종식에 수많은 사람들이 모였단다. 엄동설한 추위를 깨고 종로에 모인 사람들은 새해의 시작을 기쁘게, 추위와 함께 맞고 있었다. 사람모이는 곳에 장사치가 없을리 없다. 강추위 손난로, 미니핫팩을 파는 상인의 드라마틱하고 로맨틱한 외침은 많은 남성들의 지갑을 열었단다. 손난로 사세요 했으면 그리 많이 팔리지 않았을 것이다. 너도나도 지갑을 열어서 손난로 사게한 외침은 바로 '내 여자 친구 추워요' 였다고 한다. 열게 하고 싶으면 친구를 외쳐라. 마케팅 전략이다.

19. 예술의 표현력

艺术诞生于观察和探索自然-基切罗

예술은 자연을 관찰하고 탐구하는 데서 탄생한다-키케로

중국에서 종이 오리기를 해본 적이 있다. 칼로 수예를 놓듯 작품을 완성하기도 하고, 쉽게는 붉은 종이를 오려서 멋진 작품을 만들기도 한다. 종이의 저렴한 가격 덕에 민속 예술로서 발전 할 수 있는 영역이 되었다. '창문꽃', '창문 종이 오려내기' 등으로 불리기도 하며 이러한 종이 예술품들은 새해, 결혼식, 출산 같은 축제에 사용된다. 그리고 그 속엔 행운과 행복을 상징하거나 빌고 있다.

동양권의 예술작품 특히 중국의 회화작품(수로 수묵화)을 보면 무릉도원을 연상하게 하는 작품들이 많다. 신선들이 사는 세계, 유토피아적 풍광들이 담백하게 펼쳐져 나타나는 경우를 많이 보게 되는데 그러한 문화의 속성을 서양인들은 장점만 공개하고 결점은 최대한 은폐라는 정신적인 사고현상으로 보고 있다. 대부분의 사람들이 그럴 것 같지만 특히 중국인들은 본인의 결점을 숨기려는 경향이 매우 강하다. 잘못된 점이나 불안한 마음은 감추고 숨기면 아무 일 없이 지나가고, 곧 마음도 편해질 것이라 생각한다. 그래서 옛날에 집안의 나쁜 일은 밖으로 소문내지 않는 다는 말도 있다.

이렇게 문제를 숨기는데 여러 방법들만 고민하고 모색하다 보면 작은 문제가 수습 불가능한 상황에 이르러 폭발하게 되고 큰 재앙으로 이어지는 경우가 있다. 어둡고 혼란한 상황을 감추고 태평성대인 듯 꾸미는 것도, 문화대혁명 시기에 식량난을 비롯한 각종 문제로 국민들의 경제 생태계가 붕괴 위기에 직면 했을때도 사람들은 평화롭고 행복하다고 구호를 외쳤된 것이다.

중국회화의 단골 소재는 대부분 꽃, 새, 산, 물, 놀이 연회 등은 그러한 심리기제를 잘 반영하고 있고 아주 안정되게 조화롭게 평화롭게 화폭에 담는다. 뉴스에는 수도 없이 많은 자연재해와 인재가 발생하고 있는 현실에 비추어 보면 그러한 예술작품들은 이질적인 삶을 담고 있는 것이다. 이것에 비해 서양의 회화 소재는 훨씬 다양하다. 뜨거운 화산 폭발, 각종 재해, 밀레의 만종처럼 농민이 고된 일상, 피비린내 나는 전쟁 그림 등 서양 회화에서는 모두 중요한 주제며, 소재들이다. 인간 세상에서 일어나는 모든 일들, 그것이 비극이든 희극이든 상관없이 작가에 의해 선택되어 지고 해석되어 지며 표현되어 진다.

스탠포드 대학 도서관에 큰 사진이 붙어 있었는데 그 것은 9.11테러로 무너진 세계무역 센터의 각각의 사진들이었다. 테러위협의 경각심을 높이려는 의도가 있는 사진 전시였는데, 이에 비해 중국도 크고 작은 안전사고, 상상을 초월하는 사고가 넘쳐 나고, 다른 민족에 의한 각종 테러사고도 적지 않지만 그와 관련된 사진들을 버젓이 전시하는 곳은 거의 없는 경우다. 심지어 뉴스나 미디어 통제가 정말 독재적인 형태로 이루어지는 경우가 있어 사람들은 이상적인 세상 속에 살고 있다는 착각으로 무장하고 있는지도 모른다.

코로나 19관련하여 아직도 중국은 완벽한 봉쇄정책, 엄중한 통제 정책을 유지해 나가고 있다. 연길에서는 코로나 발생 3년이 되어 가는 지금에도 3일에 한 번씩 전 주민 핵산 검사를 받고 있다. 어느 때는 매일 검사를 요구받기도 한다. 제로 코로나 정책, 코로나 청정 국가, 살기 좋은 중국을 과시하고 싶은 의도가 자유에 대한, 자연스러움에 대한 삶의 권리를 침해하고 있는 것은 사실이다.

아름다움이란 무엇인가? 미학적 사유가 충분히 이끌어 나와야 중국의 예술문화가 많이 바뀌어 갈 것 같다. 그런 의미에서 나의 삶을 바라보는 미학적 검토도 마냥 긍정적이지만 아닌지 생각해 볼 만 하다.

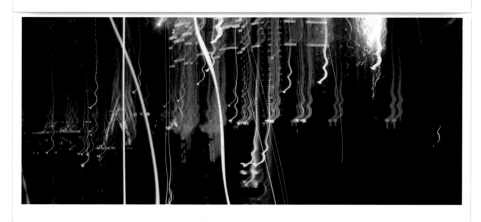

20. 맘대로, 아무거나

因为你是人生的主人公。　别忘了那个事实。　因为到目前为止你创造的有意识和无意识的选择，才有了现在的你。 - 芭芭拉·霍尔

당신이 인생의 주인공이기 때문이다 . 그사실을 잊지마라 . 지금까지 당신이 만들어온 의식적 그리고 무의식적 선택으로 인해 지금의 당신이 있는것이다 . - 바바라 홀

　중국어 단어실태 조사 보고에 의하면 중국인이 일상생활에서 가장 많이 사용하는 단어로 수이비엔(随便) 좋을대로, 형편대로, 아무거나, 마음대로 라는 뜻이 뽑혔다고 한다. 나도 간혹 사용하는 말 중에 하나인데 보통 택시기사가 어느 길로 갈까요? 물어보면 '기사님 마음대로, 편한대로 가주세요'라고 말하곤 한다. 나름 상대방을 존중하는 뜻에서 사용하는 단어인데 서양인들의 눈에는 이것이 꼼꼼하고, 확실하지 않은 대충 대충의 사고를 조장한다고 보고 있다. 튀는 개성보다는 남과 비슷하게 가려는 동양인들의 사고의 표현이라고 생각한다.

　식당에서 음식을 주문 할 때도 마찬가지이다. 특히 한국인의 경우는 뭐 먹을래? 물으면 '아무거나'라는 답을 하는 이들이 정말 많다. 여러 가지 이유가 있겠지만 신경 쓰기 귀찮거나, 주문을 하는 상대에게 전적으로 맡기겠다는 믿음의 표현이 들어가 있지 않나 싶다. 서양인들에 눈에는 자신의 선택을 버리고 다른 사람에게 선택권을 이양하려는 태도가 참으로 이상하게 보인다고 한다.

　나라마다 사회마다 사람들이 즐겨 쓰는 단어가 있는데 그러한 단어들을 통해 사람들의 사고 형태나 습관을 살펴 볼 수 있다. 미국인이 잘 사용하는 단어 중 하나는 쿨(cool)과 크레이지(crazy) 인데, 두 단어는 사람들의 고유한 개성을 중요시하고 모험을 추구하는 문화적인 특징을 보여준다. 반대로 생각해 보면 상대방을 고려하지 않은 개인적인 성향의 발로로 보여 지기도 하니 어느 것이 맞다 틀리다 할 수는 없을 것 같다.

　서양인의 눈에 비추어지는 동양인의 아무거나, 그런대로, 대충, 편한대로의 이상함이 동양인에 비춰주는 극단적인 자기주장과 개성의 치우침이 매우 불쾌하고

매너 없는 현상으로 이해 될 수 있다. 나를 드러내는 사고방식과 관계를 중요시 하는 삶의 방식 또한 개인에게 선택 할 수 있도록 허용해야 할 것이다. 삶의 터 전의 문화권의 풍습을 이해하려는 넓은 마음도 필요하며, 자신의 삶을 개성적으 로 펼치고자 하는 의지도 존중되어야 하겠다.

 서양인이 전주한옥마을 근처에서 식사를 하면서 굉장히 난감해 했다고 한다. 주 문도 하지 않은 수많은 음식(전라도식 반찬류) 값을 내라는 것에 불만을 표시한 것이다. 반찬(메뉴)를 일일이 개별적으로 시키는 나라에서는 상상도 하지 못할 수 많은 반찬 가지 수에 우선 놀라고, 먹지도 손대지도 않을 음식 값을 내는 것에 대한 불의함을 표명한 것이다. 한국식 넉넉함, 자유롭게 이것저것 먹을 것의 다 양한 선택의 폭을 넓혀주려는 마음을 읽지 못한 서양인의 한계인 것이다. 무엇이 중요한지는 각자의 몫. 편할 대로 생각해 보자.

21. 신을까? 벗을까?

在真相穿着鞋的时候,谎言可以绕世界半圈。 -马克·吐温

진실이 신발을 신고 있는 동안 거짓은 세상을 반 바퀴 돌 수 있다.-마크 트웨인

신발을 신고 벗는 행위는 문화권마다 다양한 형태를 띠게 된다. 온돌문화 따뜻한 방바닥 문화권의 경우 집안, 실내에서 신발을 신는 경우는 거의 없으나 서양권이나 카펫 문화권에 사는 사람들은 반드시 실내화를 신거나 신을 신은채로 실내 활동하는 경우가 많다. 심지어 한국 사람들을 경악하게 하는 신발 신은채로 침대위에 눕는 경우까지.

실내 신발 착용 유무는 영역의 구분에서 오는 경우가 많다고 한다. 더럽고 깨끗함이 명학하게 구분되는 경우와 구분이 불분명한 경우. 우선 수평적 구분으로 우리 나라사람의 경우 외부와 내부, 그리고 내부에서도 현관과 거실, 베란다, 화장실이 엄격히 구분이 되며 그곳에서 신발을 신고 벗는 또는 그 용도에 맞게 신발을 갈아 신는다. 그러나 서양인들이나 그러한 명확함이 없다. 현관이라는 곳의 개념도 불분명하기에 신발을 신은 상태로 소파에 앉기도 하고 침대 속으로 들어가기도 하는 것이다.

수직적으로는 우리나라사람은 대체로 위는 깨끗하고 아래는 더럽다고 생각하는 반면에, 서양인들은 이런 구분조차 명확하지 않게 느끼는 모양이다. 우리는 그릇에서 음식이 바닥으로 떨어지면 절대로 주어 먹지 않으나 그러지 않은 종족들도 있다. 사실 우리나라 사람들이 공간을 나눠가며 깨끗함과 청결함을 추구하는 행동 형태는 전통적으로 방바닥에서 잠을 자고, 밥도 먹었던 좌식 생활에서 기인함을 추측할 수 있다. 온돌이라는 따뜻한 방바닥 난방 시스템 속에서 아랫목이라는 개념도 등장하게 된다. 바깥에서 신던 신발을 신고 실내로 들어오는 것은 위생 원칙에 위배되는 것이다. 반면에, 의자나 침대 등 입식 생활에 익숙하고 벽난로를 때는 난방구조에서는 바닥이 그다지 신성한 청결함의 영역이 아니라는 것이다. 더 확장 해석해보면 농경민으로서의 정착된 생활민족과 유목민족으로서

의 이동문화권 사람들의 사고는 많이 달라 질 수 있다는 것이다.

　이러한 의미라면 동양권 특히 우리나라 사람들의 위생에 대해 서양인들이 많이 감탄 할 법 한데 그렇게 생각하지 않는 다고한다. 서양인들은 오히려 청소용 화약 약품들에 의존하고 세분화된 종류로 청결하게 하는 반면에 우리나라 사람들은 진공 청소기와 물 걸레질로 만족하는 우리의 위생관념을 못 미더워 한다. 방바닥을 물걸레로 깨끗이 닦고 외부에서 유입되는 더러움을 차단해 나가는 것이 위생적인 것인지, 각종 화학약품을 통해 클리닉하게 환경을 만들어 가는지의 위생감에 대한 판단은 각자의 몫 일터이다.

　우리나라를 비롯한 중국도 비슷한 위생태도를 보일 것 같으니 중국에서의 신발 착용은 서양인들 같은 성향을 보이는 경우가 많았다. 묘하게 문화적 충격으로 다가 온 게 있었는데 그것은 실내화 착용문제다. 중국도 실내화를 신는다. 그런데 실내화의 개념이 우리나라의 것과 많이 다르다. 보통 우리나라 사람들이 직장에서 신는 실내화는 통풍 잘 되는 슬리퍼를 신는데 중국에서는 실내화는 그냥 활동용 운동화였다. 답답하지 않느냐는 질문에 어떻게 발 냄새 풍풍 풍기게 통풍되는 그런 실내화를 신을 수 있느냐라고 되묻는 단다. 답답함과 발 냄새의 바라보는 문화적 차이에서 오는 실내화 착용 다름이다.

　늘 정답은 없다. 본인의 판단에 의해서 적절하게 기분 좋게 어울 릴 수 있는 신적 지혜가 필요하겠다.

22. 양치 문화

生病之前不知道健康有多重要。 - 托马斯·富勒
병에 걸리기 전까지는 건강이 얼마나 중요한지 모른다.- 토마스 풀러

   3.3.3의 원칙하면 대부분 한국 사람들은 양치질 방법을 떠올린다. 일선 학교에서 올바른 양치법으로 소개되었던 방법이다. 하루 세 번, 식사 후 3분. 그리고 과거에는 깨끗하게 관리 잘한 학생들에게는 건치 아동으로 표창으로 하기도 했다. 지금 생각해 보면 참 이상한 표창이지만 그때는 당연하게 여겼고, 그렇게 잘 관리하는 것이 꼭 필요하다고 믿어 왔다. 치아 건강관리는 정말 중요하고 노후까지 행복함을 주는 요소라는 점과 함께 말이다.

   그러나 중국인들이나 서양 외국인들의 생각은 많이 다르다. 양치의 필요성에 대해서가 아니라 횟수나 장소에 대한 불쾌감을 드러내는 경우가 참 많다. 공중 화장실에서 양치하는 사람을 참으로 이상하게 보고 심지어는 혐오까지 한다는 것이다. 개인위생을 위해 깔끔하기 위한 행동을 참으로 이상하게 보는구나라며 그들의 시선을 의아하게 생각했지만 그들의 입장은 사뭇 다르다.

   미국인들은 교과서에서도 하루에 2번만 양치를 하면 된다고 배웠다고 한다. 그것도 2분씩, 오히려 더 신경 써야 할 일은 중간 중간의 구강 청결제 사용과 치실의 사용이라고 말한다. 미국 치과협회에서도 공식적으로 2.2양치법을 권장하고 있다. 그리고 공중 화장실에서 양치질을 하는 한국인들을 보면 공중의 장소인 세면대에서 입을 헹구는 것은 참으로 역겨운 일이다라고 피력한다. 특히나 펜데믹 시대에 더욱 예민해져서 타인의 침이 공동으로 튈 수 있는 양치질 행위는 야만적이라는 생각까지 한다는 것이다.

   단순한 문화차이로만 볼 수는 없고 양치 습관이 다른 이유를 음식을 만드는 재료에서 찾을 때 쉽게 이해가 된다. 양치질을 자주해야 하는 한국인의 경우 늘 섭취하는 음식물. 김치에 섞여 있는 고춧가루, 다양한 향신료 중 마늘, 그리고 김

등이다. 이 재료들은 보통 한국음식에 거의 대부분 들어가 있고 식사를 하고 나서는 이와 이사이에 쉽게 달라붙거나 끼일 수가 있으니 건강상, 미관상의 이유로 양치가 필요하다는 것이다. 특히 마늘의 경우 제대로 된 양치질을 하지 않으면 공중으로 내어 뿜게 되는 마늘 향은 오히려 사람들에게 혐오감을 줄 수 있으니 말이다. 이것에 비해 미국인들의 점심은 간단한 스낵, 빵, 샐러드 등으로 간단하게 해결하는 경우가 많으며 직장인들도 60%이상은 혼자서 조용히 책상에서 먹는다고 한다. 사실 번거로운 식재료가 아니라 입안에 달라붙은 무언가도 별로 없다.

공중화장실에서의 양치행위는 오히려 위생 감염, 오염의 위험이 높아지니 멈춰야 한다고 생각한다. 미국 미생물학회의 연구 결과에 따르면 공중 화장실에서 사용된 칫솔 60%가 대변 오염에 대한 양성 반응을 보였다고 한다. 공중화장실에서 다른 사람들이 변기의 물을 내리는 순간 대장균들이 공기를 매개체로 칫솔모에 착상되는 형태, 이렇게 오염된 칫솔로 양치하는 것은 자기 자신의 건강과 위생이 좋지 않다는 것이다.

그럼에도 불구하고 식사 후 양치를 하지 않으면 입안이 개운하지 않아 편하지 않다. 서양인들의 습성처럼 가글 용액 가지고 다니는 습관도 익숙하지 않고, 집에 갈 때까지 양치를 하지 않고 참는 것도 불쾌하다. 문화를 존중한다는 차원에서 양치질을 하려면 더욱 사적인 공간으로 들어가 개운하게 양치질 할 수 있는 적극적인 노력이 필요할 듯하다.

中国传统文化

CHINESE
TRADITIONAL
CULTRUAL

23. 중국의 춘절

你的幸福取决于什么让你的灵魂歌唱。 – 南希·沙利文
당신의 행복은 무엇이 당신의 영혼을 노래하게 하는가에 따라 결정된다. – 낸시 설리번

중국의 최대 명절은 우리나라 설날(구정)과 같다. 그러나 규모에 있어서, 행사에 있어서 풍습에 있어서는 엄청난 스.케.일을 보여주는 명절이다. 보통 춘절 연휴기간(일주일에서 보름 또는 한달 가량 연휴를 즐기는 사람도 있음)에는 중국 전역에서 고향을 찾는 13~14억 인구의 민족 대이동이 이뤄진다. 또한 폭죽을 터뜨려 귀신을 쫓는 풍습이 절정을 이루는 시기인데, 정월 초하루가 시작되는 0시부터 요란하게 폭죽을 터뜨려 대보름까지 15일간 밤낮으로 터뜨린다. 물론 중간 중간 시도 때도 없이 터뜨리기도 하고 아침부터 시끄럽게 터뜨리는 사람들도 있다. 춘절기간 아침 편하게 숙면하려는 마음가짐은 일찍이 접어 두는 것이 좋다.

중국 당국은 최근 불법 폭죽을 단속하느라 바쁘다고 한다. 예년부터 폭죽 관련 사고가 많이 발생했는데, 폭죽과 관련한 사고가 계속해서 이어지고 있고 베이징 CCTV 건물이 폭죽으로 인해 화재, 전소되는 바람에 단속이 심해졌고 '폭죽 안전관리 조례'를 통과시키고 외환(外环)선 이내 지역의 폭죽 및 불꽃놀이를 전면 금지했다. 최근 중국 랴오닝성 선양(沈阳)시 공안 당국은 단속으로 적발한 4,515개의 불법폭죽을 소각 처리하며, 춘절 기간 스모그 발생과 화재 발생 예방을 위해 폭죽 사용을 제한하고 불법 폭죽에 대한 단속을 강화해 가고 있다. 그럼에도 불구하고 매년 섣달 그믐날에 집집마다 대문에 붉은 대련을 붙이고, 폭죽을 터뜨리고, 집집마다 날이 밝을 때까지 불을 켜놓는데 이것이 중국 민간에서 가장 중요한 명절인 '꾸어니엔(过年, 해를 넘어가다)'의 풍습이 되고 있다.

그렇다면 중화 문명의 지표인 춘절(春节)은 언제부터 그 절기가 시작될까? 춘절(春节)은 음력으로 정월 초하루 날이지만 전통적 의미에서의 춘절은 좀 더 일찍 그 준비가 시작된다고 한다. 섣달인 음력 12월 초여드레에 조상과 신들에게 제사를 지낸다. 그리고 섣달 23일이나 24일에 부엌 신에게 제사를 지낸다. 이렇게 춘절을 맞이한 후 정월 대보름까지가 새해맞이 행사였다. 이 기간 행사의 하이라이트는 역시 섣달그믐과 춘절이다. 오랜 기간의 발전 과정에서 이 행사는 고정적인 풍속과 습관으로 형성되었고 오늘날까지도 이어져 내려오게 되었다. 따라서 중국 국무원은 2006년 5월 20일 춘절을 '국가급비.물.질.문화유산'으로 등재했다. 비.물.질 문화유산, 이것저것 등재에는 무척 앞서는 모습을 보이는 중국이다.

또 다른 풍습으로 특색 있는 것은 춘리엔(春联)이다. 다른 말로 '춘티에(春贴)' '먼두이(门对)'라고도 하는데 춘절에 대문 양편에 붙인다는 의미다. 붉은 종이에 원하는 글자들을 써서 대문 앞에 붙여 놓는데 실제로 글자를 써서 붙이기 보다는 시중에 파는 좋은 글귀들을 사다가 대부분 붙여놓는다. 글자의 수는 제한이 없다. 춘리엔(春联)은 주나라 시기 대문 양편에 장방형의 복숭아나무 판을 붙인데서 기원했다고 한다. "길이가 6촌, 넓이가 3촌" 정도의 나무판이었다. 복숭아 나무판에 두 단어를 쓴다. '선투(神荼)'와 '위레이(郁垒)'다. 중국인들이 신봉하는 문을 지키는 수호신의 이름인데 선투는 왼쪽에 위레이는 오른쪽이다. 선투는 무기를 들고 있지만 위레이는 빈손이다. 악귀를 막아주고 집안이 평안하기를 기원하는 풍습이다. 이후 종이가 발견되고 붉은 종이에 춘리엔(春联)을 적어 가가호호 붙이게 되었다고 한다.

우리나라 설날처럼 중국아이들도 기대가 되는 것이 바로 세뱃돈이다. 중국인들은 세뱃돈을 '야수이치엔(压岁钱)'이라고 부른다. 이것은 한족의 풍습이다. 처음에는 악귀를 몰아내고 평안을 기원하기 위해 시작되었다. 어린아이에게 세뱃돈을 주는 이유는 어린아이들이 귀신이나 악귀로부터 쉽게 노출되기 때문에 돈을 몸에 지니고 있으면 평안하게 한 해를 보낼 수 있다는 믿음에서 시작되었다. 수이(歲)라고 하는 발음은 '수이(祟)'와 같은 발음이다. '수이(祟)'는 귀신이 사람에게 해를 끼친다는 의미를 담고 있다. 따라서 세뱃돈을 주는 것은 이들 귀신을 눌러 놓는다는 의미와 같은 것이다. 세뱃돈은 나이든 사람이 어린사람에게 줄 때 세(歲)는 '나이'의 의미가 있지만, 젊은이가 나이든 어른께 드릴 때의 세(歲)의 의미는 '장수'를 기원하는 의미와 관련이 있다고 한다.

농업 중심의 사회에서는 중국, 우리나라 모두 설날이 제일 중요한 절기 였다. 이 가장 중요한 절기 때마다 우리의 선조들은 악귀에 대한 두려움을 물리치고 복을 받고자 했다. 복에는 다양한 의미가 있겠지만 예나 지금이나 사람들이 가장 바라는 것은 건강과 재물의 복을 얻는 것이리라. 폭죽으로, 춘리엔(春联)으로, 세뱃돈으로 건강과 복이 모두 들어올 수 있기를 바라는 중국인들의 풍습이 바로 춘절이다.

传统节日——春节

春节是中国及一些亚洲民族一个古老的传统节日。因为相传年兽怕红色，怕火光和怕响声，所以人们便有贴春联、放鞭炮、敲锣打鼓等习俗。不同时期、不同地区、不同民族的习俗都不相同。

春节是中国及一些亚洲民族一个古老的传统节日。因为相传年兽怕红色，怕火光和怕响声，所以人们便有贴春联、放鞭炮、敲锣打鼓等习俗。不同时期、不同地区、不同民族的习俗都不相同。

春节

24. 중국의 원소절

安全大概就是迷信。它实际上并不存在。
人生不是大胆的冒险就是什么都不是-海伦·凯勒
안전이란 대개 미신이다. 그것은 사실상 존재하지 않는다.
인생은 대담한 모험이거나 아니면 아무것도 아니다. -헬렌 켈러

　우리나라 정월 대보름과 같은 중국 원소절, 음력 1월 15일이다, 이 날 저녁이 되면 거리와 공원, 사찰 등에 각양각색의 오색 찬란한 등롱(灯笼)이 넘쳐나 장관을 이루기 때문에 등롱절(灯笼节)이라고도 하며, 새해 들어 처음으로 둥근 보름달이 떠오르는 날이어서 상원절(上元节)이라고도 한다. 원소절도 춘절과 마찬가지로 어마어마하게 폭죽 터뜨리는 날이다. 중국에서는 밤잠 설칠 준비할 날이다.

　중국인이 원소절을 지내기 시작한 것은 한나라에서 부터, 등을 밝히는 등롱을 하기 시작한 것은 수나라 때부터 라고 전해진다. 원소절에 등롱을 달게 된 이유에 대해서는 여러 가지 이야기가 있는데, 그 중 하나가 옥황상제가 인간 세상에 내리려는 불의 심판을 피하기 위하여 등롱을 고안하였다는 전설이 유력하다고 한다.

　아주 옛날 천궁(天宫)을 지키던 신조(神鸟)가 길을 잃어 인간 세상에 내려왔다가 사냥꾼의 화살에 맞아 죽은 일이 발생하였다. 이 사실을 알게 된 옥황상제가 대노하여 정월 보름에 병사를 내려 보내서 인간 세상에 불을 질러 인간을 벌하려 하였다. 마음씨 착한 옥황상제의 딸이 위험을 무릅쓰고 이 사실을 인간들에게 알려 주었다. 며칠을 궁리한 끝에 한 노인이 묘안을 내놓았다. 정월 보름을 전후하여 집집마다 붉은 등롱을 내걸고 폭죽을 터뜨려 불꽃을 올려서, 인간 세상이 이미 화염에 휩싸인 것처럼 보이게 하자는 것이었다. 이 묘안이 적중하여 인간은 옥황상제의 벌을 피해 생명과 재산을 보호할 수 있게 되었다. 이후로 매년 정월 보름이면 집집마다 등롱을 내거는 풍속이 생겨난 것이다.

　원소절의 원소는 음식 이름에 해당한다. 원소절에 또 하나 빼놓을 수 없는 중요

한 풍속으로 바로 원소를 먹는 것인데 원소는 소를 만든 다음 찹쌀가루 위에 굴려서 적당한 크기로 만들거나, 찹쌀가루로 만든 피에 다양한 소를 넣어서 만드는 등 지역마다 만드는 방법에 차이가 있다. 하지만 그 모양새가 동글동글하다는 공통점을 가지는데, 이것은 가정의 화목과 단란함을 의미하며 이러한 상징성이 있다고 한다.

 등롱을 감상하고 원소를 먹는 풍속으로 진행되는 원소절은 보름 이상 지속된 춘절의 분위기가 또 한차례 절정을 맞이하는 순간이며, 이 날이 지나서야 비로소 원소절이 지나면 새해 분위기가 끝난다(元宵節一過, 新年佳節就完了)는 표현처럼 새해 새봄을 맞이하는 들뜬 분위기가 잦아든다.

 대만에서는 원소절 행사로 독특한 불꽃놀이가 거행되는데 두툼한 옷을 입고, 오토바이 탈 때 쓰는 헬멧과 고글을 착용하고 서로 서로 불꽃을 터뜨리며 명절을 보내는 장면을 본적이 있다. 중국에서는 아직까지 그러한 장면은 보지 못하였지만, 역시 춘절 못지않게 저녁 밤을 한도 끝도 없이 터뜨리는 뜨거운 밤 장면만 목격하게 된다. 불꽃 튀는 전쟁 같은 원소절 행사장에서 명절을 지내는 타이완 젊은이들의 뜨거움에 함께 해 보고 싶은 마음이 이맘때면 들곤 한다.

25. 중국의 청명절

人类为了寻找自己需要的东西而环游世界,回到家后发现它。
-乔治·摩尔
인간은 자신이 필요로 하는 것을 찾아 세계를 여행하고 집에 돌아와 그것을 발견한다
.-조지 무어

　봄바람 살랑살랑 불어 올 때 중국의 청명절을 맞을 수 있다. 한국의 식목일과 같은 날, 비슷한 행사를 주로 하는 중국의 청명절은 춘절, 단오, 중추절, 국경절과 함께 중국의 5대 공휴일로 여겨지고 있다. 2008년부터는 중국 정부에서 청명절을 3일 동안 법정 공휴일로 지정했다. 청명이란 말 그대로 날씨가 좋은 날이고, 날씨가 좋아야 봄에 막 시작하는 농사일이나 어업 같은 생업 활동을 하기에도 수월하다. 손 없는 날이라고 하여 특별히 일을 하지 않고도 이날 산소를 돌보거나, 묘 자리 고치기, 집 수리 같은 일을 하는 날이지만 현대인들은 여가를 즐기고, 나들일을 떠나게 된다.

　효를 중시하는 중국인들은 청명절 휴일 기간을 활용해 우리나라처럼 성묘하는 날이다. 이것을 사오무라고 하는데 우기가 찾아오기전 조상의 묘를 찾아 흙을 고르고 산소를 돌본다. 이때 우리 나라와는 다르게 종이돈 또는 돈 모양이 그려진 종이 즈치앤(紙錢 지전)을 산소 앞에서 태우는데, 산소 앞에 가지 못하는 사람들은 길거리 사거리 모퉁이에서 태우는 모습을 볼 수 있다. 종이돈, 지전을 사후세계에서도 사용할 수 있다고 믿기 때문에 이러한 태움의 의식을 치른다고 한다. 지전 모양도 다양하게 시계, 지갑, 자동차, 집 모양의 지전을 만들어 태우는 사람들도 있다. 처음에는 어른들의 불장난인가? 아니면 폐지 소각하는 것인가 의심하기도 했는데, 그러한 풍습을 이해하고 난후에는 지전 태우는 모습이 나름 정감있게 느껴진다.

　명절하면 빠질 수 없는 음식, 청명절에는 먹는 음식이 지역마다 다르지만, 이날은 주로 차가운 음식으로 끼니를 해결하는 문화다. 상하이에서는 칭투안과 연맥초의 즙과 찹쌀 반죽을 만들어 그 속에 고물이나 대추를 으깨어 넣고 갈댓잎 위

에 얹어 쪄 먹는다. 우리나라 떡 같은 식감인데 속의 소 느낌이 조금 다르다. 쓰촨 지역에서는 연맥초,밀가루,고추 등을 함께 넣어 납작하게 빚어 기름에 지지는 청명병(칭밍삥)을 주로 해먹는데 갖는 채소들을 함께 섞어 향긋한 맛이 난다. 지역마다 나름 청명절 음식이 있기는 하나 연맥초를 활용해 음식을 만들어 먹는다는 공통점이 있고, 우리나라에서는 쑥과 냉이를 활용해 음식을 해먹는 것과 비슷하다.

 청명절의 쾌청함 속에 나들이도 좋지만 중국 전통음식 맛보면서 청명한 하늘 속으로 연을 날려 보는 체험을 해보는 것도 재미있을 것 같다.

26. 중국의 단오절

真正的旅游者是步行者，走路时也经常坐。-科莱特
진정한 여행자는 걸어서 다니는 자이며, 걸으면서도 자주 앉는다.-콜레트

　양력 5월 5일은 어린이날, 중국에서 음력 5월 5일이다 단오절이다. 오월오일(五月五日)이 오월오일(午月午日)에 해당하므로 단오절(端五節 또는 端午節)이란 명칭이 생겨났고. '五'가 겹친 날이어서 중오절(重五節)이라고도 하고, 양수(陽數)가 겹친 날 중 가장 햇볕이 강한 날이라 하여 단양절(端陽節)이라고도 불리기도 한다. 즉 중오절, 단양절이 다 같은 단오절을 의미하는 날이다. 대부분의 중국학교들이나 일반 회사들도 휴무일로 여유있는 시간을 갖는다.

　단오절의 유래는 여름의 더위와 직접적인 관련이 있다고 한다. 덥고 습한 날씨로 인해 퍼지기 시작하는 각종 질병을 예방하려는 차원에서 단오절이 시작 되었기 때문이다. 집집마다 대문에 창포와 쑥을 걸어 놓거나 어른들이 웅황주(雄黃酒)라는 주류를 마시고, 어린아이들의 몸에 향주머니(香包)를 달아주면서 액막이를 하려는 소망이 담겨져 있다. 물론 이것들이 벌레를 쫓거나 살균·해독 작용을 한다는 위생적인 측면이 반영된 것이기도 하다.

　한편 단오절이 중국인의 사랑을 받는 중요한 명절이 된 것은 굴원(屈原)의 전설에서 영향 받은 바가 크다고 한다. 굴원은 전국시대(戰國時代) 초(楚)나라의 시인으로서, 여러 차례 초희왕(楚懷王)에게 부패를 청산하고 국시(國是)를 바로잡기를 요구하다가 먼 곳으로 유배를 당했다고 한다. 유배지에서도 늘 나라와 백성을 걱정하며 노심초사하던 어느 날, 초나라의 수도가 진(秦)나라에 의해 함락되었다는 소식을 듣고 비통한 나머지 멱라강(泪羅江)에 몸을 던져 스스로 목숨을 끊었는데, 이 때가 바로 기원전 278년 음력 5월 5일이며, 그의 나라를 걱정하고 충성스런 마음을 기리는 날로 기념일이 되었다는 것이다.

단오절에 용선경기(龍舟競賽)를 실시하고 쫑즈(棕子)를 먹는 것도 굴원의 전설에서 연유한 것이라 한다. 굴원이 멱라강에서 자살하였다는 소식을 들은 백성들은 애통해 하며 배를 내어 굴원의 시신을 찾아 나섰고, 물고기들이 굴원의 시신을 해치지 못하게 하기 위해 음식물을 강물에 던져 넣었다. 이후 사람들은 굴원에 대한 애도의 표시로 제사를 지내면서 강에 배를 띄우고, 대나무통에 찹쌀을 넣어 강에 던졌다. 여기에서 용선경기와 쫑즈가 유래되었다고 보고 있다. 중국인의 식도락으로 인해 점차 다양하게 발전한 쫑즈는 찹쌀 속에 대추, 땅콩. 고기 등을 넣고 대나무 잎이나 갈잎으로 싼 후 쪄서 만드는데, 그 냄새만 맡더라도 입에 침이 고일 정도로 향기로워 미식가의 입맛을 자극 하는 대표적인 음식이 되었고 단오절 때면 마트마다 엄청난 쫑즈를 진열해 놓고 팔고 있어 쉽고 사먹을 수 있다.

스포츠로서 물위에서 배를 저어 빠르게 이동하는 조정 경기도 있지만 중국 특유의 오늘날 용선경기는 개인의 체력을 증진시키고 집단의 단결력을 결속시키는 행사로서 사람들의 중시를 받고 있다. 특히 근래에는 괄목할만한 수상 스포츠로 성장하며 홍콩이나 상하이 등지에서 국제 용선대회를 개최하기도 한다.

푸른 강변에 걸터앉아 용선대회 구경하면서 쫑즈를 먹으면 제대로 단오절을 보내는 방법이 될 것 같다.

27. 중국의 중추절

  추석은 중국에서도 중추절은 음력 8월 15일로 중국 4대 전통 명절의 하나에 해당된다. 중국은 2008년부터 중추절을 국가법정휴일로 제정하였다. 하지만 실제로 중국에서의 중추절 행사는 다른 절기에 비해 매우 빈약하게 치루어 진다. 명목상 3일 연휴를 한다 하지만 거의 하루 쉬거나 그냥 지나치는 경우도 많다. 우리 나라의 한가위 대소동이 중국에서는 벌어 지는 일이 없다. 이유는 몇일 안있으면 바로 이어지는 기나긴 국경절 연휴 때문이다. 그래서 충추절은 다소 소박하게, 소소하게 가벼운 행사가 이어지는 편이다.

  '중추'라는 말은 《주례(周禮)》에 가장 처음 등장한다고 한다. 기록에 따르면, 중국 고대 왕들은 음력 8월 15일 달을 향해 제사를 지냈다고 한다. 고대 중국에서는 1년 4계절 (3개월)을 1개월씩(孟 혹은 初, 仲, 季) 나누었는데, 음력 8월 15일은 가을의 중간인 '중추(仲秋)'라 하였다. 이것에 착안해 8월 15일 달에 제사 지내는 날을 중추절(仲秋節 혹은 中秋節)이라고도 불렀다. 이 외에도 '팔월에 행하는 행사'라 해서 팔월절(八月節) 혹은 팔월회(八月會)라고 부르기도 했고, '모두가 한자리에 모이는 날'이라는 뜻을 따 단원절(團圓節)이라 부르기도 했다.

  중추절에 하는 가장 대표적인 놀이는 달맞이다. 달맞이를 하는 방법은 크게 두 가지로 나눌 수 있는데 하나는 달에 제사를 지내는 것이고 또 다른 하나는 달을 감상하며 소원을 비는 것이다. 요즘에는 달에 제사를 지내는 것 보다는 가족들과 함께 모여 달을 보며 소원을 비는 것이 더욱 일반화 되었다. 주로 가족의 화목과 단합, 건강과 행복을 빈다. 달에 제사를 지내는 것 보다 달을 감상하고 즐기는 것이 유행하게 된 것은 당(唐)나라 때부터 라고 한다. 문학이 발달했던 시대에 많은 시인들이 달빛의 아름다움을 노래하는 시를 읊고 쓰면서 백성들 사이에서도 중추절에 달을 감상하는 풍습이 보편화되어 지금까지 전해지고 있다.

달을 향해 기도를 하는 것과 관련해 전해지는 재미난 설화가 하나 있다. 제나라 때 우옌[无盐]이라는 못생긴 처녀가 살고 있었는데 매일 밤 궁에 들어가 궁녀가 될 수 있게 해 달라고 소원을 빌었 다고 한다. 달에 소원을 빈 덕분인지 얼굴은 못생겼어도 인품이 훌륭했기에 입궁을 하게 되었다. 그러던 어느 해 8월 15일, 밤길을 거닐던 황제가 우옌을 우연히 마주치게 되는데 달빛 아래 서 있는 그 모습이 아름답게 보여 그녀를 황후로 삼았다고 한다.

중국 중추절의 가장 대표적인 먹거리는 바로 월병이다. 원래 월병은 달에 제사를 지내기 위한 제사 용품이었다. 둥근 달 모양을 닮아 화합과 단결을 상징한다. 중추절에 월병을 먹기 시작한 것은 원(元)나라 때부터라고 전해진다. 당시 몽골족이 한족을 통치하고 있던 시기였는데 주원장(朱元璋)이 몽골족의 진압에 항의하는 봉기를 준비하고 있었다. 한날한시에 사람들을 모아 거사를 치르기 위해서 단시간 내에 봉기를 일으킬 시간과 장소를 많은 사람들에게 전달해야 했는데 몽골족들의 감시가 매우 삼엄해 쉽지 않았다. 방법을 고심하던 중 주원장의 부하인 유백온(刘伯温)이 음력 8월 15일 월병 속에 거사를 치를 날짜를 적은 종이쪽지를 몰래 넣어 각지의 사람들에게 돌렸다. 봉기는 성공하여 원나라를 무너뜨리고 명나라를 세웠다. 명나라 최초의 황제가 된 주원장은 이 날을 기리기 위해 매년 중추절에 공을 세운 신하들에게 월병을 상으로 내렸다고 한다. 이것이 유래가 되어 월병은 중추절을 대표하는 명절 음식이 되었다.

최근에는 제사상을 차려 달에 제사를 지내거나 월병에 서로의 행복이나 화합을 기원하는 문구를 적은 쪽지를 적어 넣는 옛 풍습도 사라졌다. 그러나 여전히 중추절이 되면 가족들이나 주변 사람과 함께 월병을 나눠 먹고 둥근 달을 보며 서로간의 단결과 화합, 행복을 기원하는 모습은 남아있다. 최근 홍콩 등 지역에서는 중추절을 기원하는 등 놀이 행사를 거행하기도 해 세계각지 관광객의 주목을 받고 있다.

中秋节

中秋节 是我国最重要的传统节日之一，为每年农历八月十五。"中秋"一词，最早见于《周礼》。

根据我国古代历法，一年有四季，每季三个月，分别被称为孟月、仲月、季月三部分。因此秋季的第二月叫仲月，又因农历八月十五日，在八月中旬，故称"中秋"。

到唐朝初年，中秋节才成为固定的节日。中秋节一般有吃月饼以及赏月的习俗。

28. 중국의 국경절

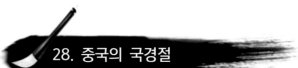

旅行时请记住，旅行中的国家不是为了给你提供便利而设计的。 那个
国家被设计成让本国国民安居乐业-克里夫顿·帕迪曼
여행을 할 때는 여행하고 있는 국가가 너에게 편의를 제공하기 위해 설계된 것이 아니라는 점
을 기억하라. 그 나라는 자국민들이 편안하게 살도록 설계되었다-클리프턴 패디먼

중국에 있으면서 기다리는 날중에 하나가 바로 국경절이다. 국가 기념일의 큰
의미가 있어서가 아니라 그날은 중국의 연휴중에 가장 긴 연휴를 즐길수 있는
날이기 때문이다. 코로나 펜데믹 상황으로 다소 주춤하지만 그렇지 않던 시기에
는 중국 국경절은 대규모 여행자들의 이동으로 인산인해를 이루는 날이기도 하
다.

국경절은 우리나라 국군의 날처럼 이것 저것 행사를 많이 한다. 중국경절은 국
의 건국일로 중국대륙, 홍콩 및 마카오 지역에서의 법정 공휴일이다. 1949년 9월
중국인민정치협상회의 제1차 전체회의에서 매년 10월 1일을 국경절(国庆节)로 하
기로 결정하고 1949년 10월 1일 베이징 천안문(天安门) 광장에서 개국대전을 개
최하며 중화인민공화국이 성립되었다. 1949년 12월 2일 중앙인민정부위원회 제4
차 회의에서 '1950년부터 매년 10월 1일 중국이 성립한 위대한 날로 중국의 국
경일로 한다'는 결의를 통과시켰다.

국경절 기간에는 대륙의 각 지역에서 경축활동을 거행하며 중국의 탄생을 기념
하고 있으며, 춘절(春节), 노동절(劳动节)과 함께 중국의 3대 황금주(黃金周) 중의
하나로 법정 휴가는 3일이다. 2000년부터 전국이 휴가기간을 조정하여 국경절
전후 2주의 주말로 조정하여 총 7일로 휴가기간을 조정하였으며 이에 따라 '국경
장가(国庆长), 또는 십일황금주(十一黃金周)'라고도 불리고 있다.

국경절 행사로는 오성홍기 게양식이 있는 중국국기의 게양하는 것을 보기 위해
새벽부터 엄청난 인파가 천안문 광장으로 몰린다. 천안문 광장에는 국경절을 기
념하는 대형 꽃바구니와 창안지에 지역을 따라 화려한 화단이 조성되며 창안대
로 양방향으로 통제되어 천안문 광장역 앞뒤로 지하철은 무정차 통과되며 통제

가 이루어진다. 코로나 상황에서 국경절에 천안문 오성홍기 게양식을 보기 위해 베이징에 다녀온 적이 있었는데 그때도 사람들로 인산인해, 지하철역 무정차 통과가 이루어 졌다.

보통 국경절 황금 연휴 기간에 여행객, 유커(旅客)들로 인해 중국 내 주요 관광지가 인산인해를 이루지만 코로나 19로 인한 경기 침체와 더불어 관광지 관광객이 급감하고 있다고 한다. 최근 들어서는 내수시장 활성화를 위해 소비 촉진을 위한 대책을 속속 내놓고 있고, 중국 내 주요 여행지의 여행 자료와 함께 스마트 스토어 및 비대면 온라인 서비스, 온라인 쇼핑 소비를 촉진하고 내수 활성화를 위한 다양한 소비 축제 등을 진행하기도 한다.

확실히 알아둘 것은 평상시 국경절 여행은 사람과의 과다 밀접접촉에 해당함을 인지하고 출발해야 하며 각종 바가지 2,3배 뛰어오른 물가와도 전쟁을 치러야 하고 교통수단 예매도 매우 힘들다는 것을 알고 떠나야 한다. 가슴 아픈 이태원 사태 같은 인파의 몰림을 예상해야 하는 날이기도 하다. 조금은 위험하지 않게 안전하게 국경절을 지낼 수 있는 방법들을 가져야 한다.

29. 중국의 동지

没有冬天，春天就不会那么快乐了。
不尝艰辛，不喜成功。-恩·布莱德街
겨울이 없다면 봄은 그리 즐겁지 않을 것이다.
고난을 맛보지 않으면 성공이 반갑지 않을 것이다.-엔 브레드 스트리트

 연길의 겨울은 참 춥다. 한국에서 느껴보지 못한 추위가 손과 발을 아주 시렵게 만든다. 월동용 장비들이 많이 필요하다. 영하 20도를 쉽게 넘는 겨울의 한기, 그리고 4시면 어두워지는 긴밤의 적막함은 아직도 낯설기만 하다. 그래도 동북지역을 따뜻하게 해주는 아주 저렴한 난방시스템은 겨울나기가 무섭지 않도록 해준다.

 겨울의 가장 정점인 동지, 밤의 길이가 가장 긴 날, 양력 12월 22일경이 절기의 시작일이다. 한국에서는 동지를 '다음 해가 되는 날(亞歲)', 또는 '작은 설'이라 해서 크게 축하하는 풍속이 있었다. 궁중에서는 이 날을 원단(元旦)과 함께 으뜸되는 축일로 여겨 군신과 왕세자가 모여 연회를 베풀 으며, 해마다 중국에 예물을 갖추어 동지사(冬至使)를 파견하였다고 한다. 민가에서는 붉은 팥으로 죽을 쑤는데 죽 속에 찹쌀로 새알심을 만들어 넣는다. 이 새알심은 맛을 좋게 하기 위해 꿀에 재기도 하고, 제철 음식으로 삼아 제사에 쓰기도 한다. 팥죽 국물은 역귀를 쫓는다 하여 벽이나 문짝에 뿌리기도 한다. 한편, 궁중에서는 관상감에서 만들어 올린 달력을 모든 관원들에게 나누어 주는데, 관원들은 이를 다시 친지들에게 나누어 주었다. 역사적으로는 고려·조선 초기의 동짓날에는 어려운 백성들이 모든 빚을 청산하고 새로운 기분으로 하루를 즐기는 풍습이 있었다.

빚을 탕감해 주는 날이기도 했던 동지, 그러한 넉넉한 마음으로 팥죽 한그릇 나눠 먹거나 대접하면서 가장 긴 추운 겨울의 밤을 마음만은 포근하고 따뜻하게 감싸주면서 지내면 어떨까 싶다.

冬至

dongzhi

冬至

传统二十四节气

蓋蓋小雪仍在不知疲倦地飞舞着，大地早已被披上了成城冽衣，托着美她玩耍，轻轻地躲在屋边，嗅一嗅，涨涨的清凉沁人心脾。

【2022/N22th november】

赤纬-20°16'

冬/至/節/氣/由/來

冬至又名一阳生，是中国农历中一个重要的节气，也是中华民族的一个传统节日，冬至俗称"数九、冬节"、"长至节"、"亚岁"等，早在二千五百多年前的春秋时代，中国就已经用土圭观测太阳，测定出了冬至，它是二十四节气中最早制订出的一个，值得注意的是，在冬至前后，地球位于近日点附近，运行的速度稍快，这造成了在一年中太阳在南半球的时间比在北半球约短8天，因此北半球的冬季比夏季要略微短一些。

没有冬天，春天就不会那么快乐了。
不尝艰辛，不喜成功。-恩·布莱德街

겨울이 없다면 봄은 그리 즐겁지 않을 것이다.
고난을 맛보지 않으면 성공이 반갑지 않을 것이다.-엔 브레드 스트리트

人生只有两种方法。一个是像什么都不是奇迹一样生活,另一个是像一切都是奇迹一样
生活。-阿尔伯特·爱因斯坦

인생을 살아가는 데는 오직 두가지 방법밖에 없다. 하나는 아무것도 기적이 아닌 것처럼, 다른 하나는 모든 것이 기적인 것처럼 살아가는 것이다.-알버트 아인슈타인

중국의 크리스마스는 성탄절 (圣诞节 shèngdànjié 성딴지에)라고 부른다. 크리스마스가 되면 전세계 각국, 특히 서양에서는 예수님의 탄생을 축하하는 날을 기념하여 다양한 축제와 이벤트가 기획되고 파티를 즐기기도 한다. 우리나라 역시 크리스마스 시즌때가 되면 쇼핑 할인이나 이벤트등이 이곳 저곳에서 진행된다. 그렇지만 중국은 성탄절에 특별한 행사를 하는 것을 본적이 거의 없다. 물론 크리스마스 장식으로 각 상점이나 식당들은 장식을 하지만 학교나 회사는 쉬는 날도 아니고 그냥 평상시처럼 수업을 받고, 일터에서 일을 하는 날이다.

그렇다고 성탄절 기념에 아무것도 하지 않는 것은 아니라고 한다. 중국에서는 크리스마스 이브를 핑안예(平安夜)라 부른다. 이는 평화로운 밤이란 의미고 이 평화로운 밤의 유래는 크리스마스 캐럴로 불려지는 고요한 밤(Silent night)이라고 한다. 핑안예와 사과를 뜻하는 핑구어(苹果)가 발음이 비슷하기 때문에 평안한 밤, 평화로운 밤을 소망하며 가족들과 지인들, 친척들, 친구들과 사과를 주고 받기도 한다고 한다. 물론 현지에서 사과를 주고 받을 시즌은 아닌 것 같기도 하고 실제 받아본 적은 아직 없다.
마케팅 전략인지 크리스마스 시즌이 되면 마트에서 예쁘게 포장하거나 한자를 새겨 놓은 사과가 등장하는데 매우 비싼 가격에 판매된다.

크리스마스 시즌보다 중국 사람들은 성탄절 다음날인 12월 26일을 매우 중요하

게 생각하고 있다. 중국의 국부라 불리는 마우쩌둥(冒着东)의 탄생일이다. 중국사람들에게는 마오쩌둥은 신적인 존재다. 그래서 오히려 중국인들은 12월 26일을 다른 의미의 성탄절로 여기며 기념일로 지내기도 한다고 한다. 실제로 과거 베이징 천안문 광장 앞에는 끝도 잘 보이지 않은 긴 줄이 늘어섰다. 마우쩌둥의 탄신일을 맞아 기념관을 방문하려는 사람들이었다. 그리고 중국 매체는 이렇게 보도했다. 마오쩌둥이 성탄절의 인기를 넘어섰다고, 그리고 그 열기가 생생하다고.

그래도 중국도 대외적으로 문을 활짝 열면서 크리스마스나 발렌타인 데이 등도 서방 문화가 중국인들 생활속으로 점차 들어 가고 있다. 종교적 의미는 없지만 젊은이들 중심으로 성탄절을 하나의 글로벌 축제로 받아 들이고 있고 최대 전자 상거래업체 알리바바 티몰에서는 60만개의 넘는 크리스마스트리와 3000만개의 장식물들이 판매되었다. 그렇지만 중국 공산당 지도부는 소속 학생들에게 성탄절 행사에 참석하지 말 것을 그리고 행사를 금지하고 트리를 철거하는 등 반 크리스마스 분위기를 연출하기도 했다. 중국에 거주하면서 참 아쉽기도 한 성탄절 문화다. 달력에 쉬는날(빨간날)이 아닌 것이, 종교적 자유가 완벽히 허가되지 않는 그들의 정책과 문화가 아쉬울 따름이다.

30. 중국의 악기-비파

伟大的艺术家会听到回应灵魂的灵魂之歌。 -奥古斯特·勒内·罗丹
위대한 예술가는 영혼에 응답하는 영혼의 노래를 듣는다.-오귀스트 르네 로댕

삶을 이해하기를, 문화를 이해해 나가는 것을 좋아한다. 문화를 잘 이해하려면 예술 속으로 들어가야 하겠다. 중국 문화, 그들의 삶을 좀 더 세밀하게 관찰하기 위해 중국 예술로의 여행을 떠나고 싶었다. 그리고 가장 좋아하는 음악, 그리고 악기, 중국의 악기들을 살펴보았다. 중국 전통악기점에 멋지게 벽면을 장식하고 있는 악기, 둔황여행에서 비파상으로도 익숙했던 악기, 바로 비파다. 한국도 한자 문화권, 그래서 중국과 비슷한 모양의 비파(향비파)가 있고, 중국도 중국 특색있는 비파가 있다.

모양이 비슷 비슷한 이유는 서역에서 건너와 상고시대에 중국을 정점으로 동남아 일대로 퍼져 나갔기 때문인 것으로 추측된다. 그 이름도 서방의 말을 한자로 옮긴 것이라는 설이 지배적이다. 비파는 밖으로 내 타면 비(琵:批)요, 안으로 타면 파(琶:把)라고 한 까닭에 붙여진 이름이라고 한다. 현재 한국에는 2종의 비파가 전하는데, 향비파(鄕琵琶)와 당비파(唐琵琶)가 그것이다.

비파는 현악기 중 하나로 줄을 튕겨 소리를 내는 악기다. 물방울 모양의 몸통에 긴 목이 달렸다. 앞판은 오동나무, 뒷 판은 견고한 밤나무로 만들며 줄은 명주실을 사용하는 게 특징이다. 우리나라 비파는 중국이나 일본, 베트남 등의 비파와는 생김새나 연주법이 조금씩 다르다. 우리나라 비파는 세 종류가 있는데 향비파와 당비파, 월금이다. 향비파는 줄이 5개, 당비파는 4개인데 목이 꺾인 모양도 조금씩 다르다. 월금은 향비파와 당비파와 달리 몸통이 달처럼 둥글다. 줄의 수나 생김새에 따라 비파의 음색이 다르며 연주하는 음악도 달라진다. 현대에 들어 전통음악 외에도 다양한 음악을 연주하기 위해 줄 수나 음판을 늘린 개량 비파도 있다. 중국에 흔한 비파도 역시 줄이 5개인 악기다.

 피아노의 바이엘처럼 초보를 위한 교재가 따로 없다. 바이엘 다음에 체르니 같은 체계도 없다. 비파를 배울 수 있는 체계적인 교재나 악보가 부족해 초보들이 어렵게 느낄 수 있다. 그보다 큰 장벽은 악기의 가격이다. 흔히 유통되는 중국 비파는 10만원에도 구할 수 있지만 제대로 만든 한국 비파는 300만~400만원에 달하여 초보자가 덜컥 구입하기에는 부담스러운 가격이다. 비파를 대여하기도 쉽지 않다. 이 때문에 비파 입문이 쉽지 않고 비파를 취미삼아 진입하기는 매우 어렵다. 진입 장벽을 낮추는 일이 매우 시급한 편이다.

 진입 장벽이 어려운 이유는 연주를 위한 기본 세팅도 시간이 든다는 점이다. 5개의 손가락에 5개의 손톱 같은 것을 밴드로 둘둘말아 손가락에 일일이 붙여야 하고, 악기의 조율과 악보 읽기도 어려운 점이 일반인도 쉽게 하기 힘들게 한다. 하지만 비파 연주하는 것을 보거나, 전문 연주를 듣고 있으면 기묘하게 빠져든다. 비파는 기본적으로 다리 걸쳐 놓고 악기를 안아주듯 주를 한다. 연주를 하다 보면 마치 사랑하는 사람을 안고 대화를 나누는 기분이 든다고 하는데 그 보다는 5선 5지 트레몰로 주법을 섞어 주면서 선과 선을 타고 드는 미묘한 선율이 만들어 질 때 기분이 좋다. 기타와는 다른 느낌, 이국적인 악기 소리도 매력적이다. 중국 웹사이트에서 유료강의를 신청해서 듣고 있는데 기본적으로 악보 읽는 것부터 쉽지 않지만 하나씩 배워가는 즐거움이 있다. 손가락을 부지런히 사용하면 치매가 잘 오지 않는다고 하지 않는가? 건강을 위해서라도 비파를 배워봄도 나쁘지는 않겠다.

31. 중국의 악기-얼후

我们所做的一切艺术都不过是一种见习而已。伟大的艺术就是我们的
人生。-M·C·理查兹

우리가 행하는 모든 예술은 견습에 불과하다. 위대한 예술이란 바로 우리의 인생이다.-M. C. 리
처즈

길거리나 중국 공원에서 나이 지긋한 분들이 악기를 연주하는 모습을 볼 수 있
다. 의자에 앉아 줄 2개짜리 악기를 들고 중국특유의 선율이 느껴지는 음악을 참
편하게 연주들을 한다. 2개의 줄로 표현되어지는 중국의 소리를 가장 잘 재현하
는 악기, 바로 얼후다.

2개의 현을 활로 켜서 연주하는 중국의 악기로, '얼(er)'은 숫자 2를 가리키고, '후
(hu)'는 찰현악기를 의미한다. 중국 남부지역과 대만에서는 '난후(nanhu)'로도 부
른다. 전체 길이는 대략 80cm로, 몸체인 울림통과 그 위에 목이 수직으로 이어져
있다. 나무로 만든 울림통의 모양은 6각형, 8각형, 원통형 등으로 다양하다. 울림
통의 앞면은 뱀가죽으로 덮혀 있고, 그 위에 현을 지탱시키는 브릿지가 있다. 목
의 윗부분에 줄을 고정시키고 조율하는 줄감개가 있으며, 줄감개에서 울림통 아
래까지 두 개의 현이 연결된다. 두 현은 서로 길이가 다르며, 각 현의 기본 음정
은 완전 5도 간격(보통 레와 라)으로 조율된다. 위에서 아래로 내려갈수록 한 음
씩 높아진다. 더 큰 소리를 얻기 위해 비단 현 대신 금속 현을 사용하기도 한다.

악기와 활이 분리되는 서양의 바이올린과 달리 두 현 사이에 활을 끼워 넣는다.
연결되어 있지만 활을 이용해 분리도 가능하다. 앉아서 연주하는 것이 보통이나
벨트 같은 연결 장치를 이용해서 서서 연주하기도 한다. 왼쪽 허벅지 위에 울림
통을 얹게 되는데, 울림통의 뒷면은 연주자의 위치에서 왼편 바깥쪽을 향하게 된
다. 오른손으로 활대를 잡고 왼손으로 현을 눌러 연주하며 서글프면서도 독특한
음색을 낸다.

2개의 현에 활을 걸어서 켜는 우리나라 전통악기인 해금과 구조가 흡사하나, 개

량 작업을 거친 얼후와 달리 해금은 조선 중기 때 운지법이 역안법으로 바뀐 이후 구조상 큰 변화가 없었다. 음색은 일반인도 둘을 비교해보면 구분할 수 있을 정도의 큰 차이를 보인다. 해금은 명주실로 인해 입자가 굵고 거친 소리가 나지만, 얼후는 좀 더 부드러운 소리가 나는 편이다. 그래서 농담 삼아 '해금은 여인의 한이 서린 목소리, 얼후는 사랑에 빠진 여인의 목소리'라는 얘기를 하기도 한단다. 전통성에 때문인지 개인적으로는 해금은 한국적인 정서를, 얼후는 중국적인 정서를 표현하는 데 적합하다고 느껴진다. 두 악기를 비교해 보자면 해금의 한과 아련함이 더 느껴진다. 얼후는 그보다는 가볍고 경쾌한 밝음이 있는 듯하다.

얼후를 구입해서 처음 소리를 내 볼 때는 초보의 깽깽거림을 감내 해야 한다. 부드럽고, 얼후 만의 울림을 만들어 내기 위해서는 지속적인 소리 만들기를 해내야 한다. 숫자악보로 기본적인 주법과 기초를 확보했다면 오선지 악보를 도전해도 좋을 듯하다. 중국의 소리를 쉽게 만들어 내고 싶다면 당연히 얼후를 접해보기를 권한다.

32. 중국의 악기-호로사

음乐具有抚慰野蛮人的心灵、软石头、弯曲雄树的魅力-威廉·康格里夫
음악은 야만인의 가슴을 쓰다듬고, 돌을 무르게 하며, 웅이진 나무를 휘게 하는 매력을 지녔다-
윌리엄 콩그리브

관악기는 기본적인 단 선율 연주 악기다. 특이하게 화음을 연주할 수 있는 악기들도 있기는 하지만 많이 제한적이다. 하모니카, 생황, 백파이프 등, 수많은 관악기가 존재하지만 화음 연주 악기는 많지 않은 편이다. 중국의 전통악기 중에서도 화음을 넣어 연주 할 수 있는 관악기가 있는데 그것은 바로 호로사라는 악기이다.

호로사는 중국 다이족(傣族)·아창족(阿昌族)·와족(佤族)을 비롯해 중국 남부 원난성지역에 사는 소수민족이 사용하는 관악기로, 입으로 부는 오르간의 일종이다. 민족에 따라 악기를 부르는 이름이 다른데, 보편적으로 중국 전역에서는 호로사 또는 후루스라 부른다. 중국어 '호로(葫芦)'는 호리병 박 또는 조롱박을, '사(丝 또는 絲)'는 비단을 가리키는 단어로, 악기 특유의 부드러운 음색이 비단과 같다는 비유에서 생겨난 이름으로 추측된다.

악기 구조는 바람통, 관, 리드 등으로 구성되며 전체 길이는 약 30cm미터 자 만하다. 바람통은 조롱박 모양이며, 안에 대나무로 만든 관을 넣어 만든다. 관의 개수가 2개인 경우도 있지만, 3개가 보편적이다. 관의 개수가 3개인 경우, 1개의 선율관과 2개의 화음을 연주 하는 관으로 구성된다, 음역은 기본 5음 음계(한 옥타브 안에 5개의 음으로 구성된 음계)나 6음 음계로 구성된다. 선율관을 중심으로 양옆에 하나씩 배치된 형태를 만듦으로써 시각적으로 균형감을 준다. 관의 윗부분에 리드가 부착되는데, 리드 부분은 바람통 속에 있으므로 겉으로 보아서는 보이지 않는다. 리드의 한쪽 끝이 플레이트에 고정된 형태인 자유 리드가 사용된다.

악기 연주를 연주하는 방법은 입김을 불어 넣는 구멍인 취구에 연주자가 입김을

불어 넣으면 리드가 진동하면서 소리가 난다. 연주자는 악기를 세로로 잡고 왼손으로 선율관의 윗부분 지공을, 오른손으로 아랫부분의 지공을 누른다. 음량은 작은 편이지만, 부드럽고 섬세한 음색을 표현한다. 호리병 특유의 5음계 선율을 접하면 아하~ 중국 악기구나 라는 느낌이 팍팍 온다. 연주법은 크게 어렵지 않아 쉽게 소리내고, 연주가 가능하지만 옥타브의 한계로 곡의 연주곡에 제한이 따르기도 한다.

 리코더를 이용해 화음내기 미션 프로젝트를 교실에서 해본 적이 있었는데 아이들의 창의성에 웃음지은 적이 있다. 리코더로 아무리해도 동시의 두 개의 음을 연주할 수 없다. 그래서 선택한 방법은 두 개의 리코더를 입으로 물고 연주하기, 아니면 다소 지저분한 연주법에 해당하겠지만 입과 코의 숨으로 2개의 리코더를 들고 화음 내기를 시도하는 학생들도 있었다. 이런저런 화음에 대한 소개와 악기를 이용한 만들기를 활동해 보면서 호로사 연주를 들려주면 아이들은 관심을 갖고 집중하며 듣는다. 그리고 중국의 소리로 문화까지 확장된 수업을 진행해 본다. 융합수업. 호로사로 접근해 보면 꽤 재매있는 활동이 가능하다.

33. 중국의 악기-띠즈(笛子)

소금과 대금과 비슷한 형태를 띈 대나무로 만든 중국 악기가 있다. 음색이 비슷할 한 데 독특한 소리를 내는 악기, 바로 띠즈(笛子)라는 악기다. 6개의 지공을 가진 중국의 민속 관악기로, 가로로 잡고 연주한다. 띠즈(笛子)는 대나무로 제작된 민속악기로, 가로로 부는 관악기다. 입으로 부는 취구, 손으로 구멍을 막는 6개의 지공, 청공(청공) 등으로 이루어져 있다. 오랫동안 헝디(橫笛, hengdi) 등의 이름으로 불렸지만, 오늘날에는 보통 띠(di) 또는 띠즈(笛子)로 불린다.

띠즈(笛子)는 한나라 때부터 존재했다고 문헌에 기록되어 있다고 한다. 가로로 부는 피리라는 의미로 헝취(橫吹)라 불렸으며, 당나라 때에는 헝디라 불렸고, 궁정에서 연주되었다. 이전 시대와 달리 지공이 하나 늘어나 지공의 개수가 7개가 되었으나 당나라 이후 다시 6개가 됐다. 12세기 진양陳暘 이라는 사람이 저술한 악서에 의하여, 취구와 지공 사이에 놓인 구멍에 얇은 막(속청)을 덮기 시작한 것은 12세기 초로 추정한다고 한다. 이러한 속청, 띠모라 부른 얇은 막이 바로 띠즈(笛子)의 소리를 개성적으로 만드는 주된 역할을 한다. 대금의 청에 해당한다. 갈대 줄기나 대나무의 속에서 얻은 재료로 얇은 섬유막(속청)을 만들어 막공 위를 덮는다. 관에 공기가 유입되면 막공을 덮고 있는 섬유막이 진동하면서 특유의 비음 소리가 발생한다.

띠즈(笛子)는 가로로 잡고 연주하며 음역은 2옥타브 가량이다. 맑으면서도 날카로운 음색을 가졌지만, 서정적이고 죽관 특유의 구슬픈 소리가 난다. 독주악기뿐 아니라 합주악기로도 활용된다. 선율악기로서 극에 사용되는데, 특히 드라마마 영화에서 민중을 나타내는 장면에서 자주 등장한다.

띠즈(笛子)는 기본적으로 소금, 대금, 혹은 플룻을 연주하는 사람들은 쉽게 연주가 가능하다. 기본 소리를 내는 입술 구조가 거의 비슷하기 때문이다. 다소 다른 연주법만 익히면 나름 띠즈(笛子) 연주를 능숙하게 해 낼 수 있다. 띠모가 영국적이지 않아 가끔씩 띠모 갈아주고 연주하는 불편함이 있지만, 띠모의 얇은 막을 통해 나오는 중국 특유의 색채의 음색을 경험해 볼 수 있게 된다. 악기의 가격도 참 대중적이라 손쉽게 구입해서 체험해 볼 수 있기에 띠즈(笛子)라는 악기를 배워보기를 권장하는 바이다.

34. 중국드론 촬영

在必要的事情上团结，在可疑的事情上自由，在所有事情上爱。-奥古斯丁

필요한 일에 단결을, 의심스러운 일에 자유를, 모든 일에 사랑을.-아우구스티누스

4차 산업혁명하면 드론을 빼놓을 수 없다. 단순히 나는 물체에서 배송, 운송까지 영역을 넘고 있고, 영화나 미디어 세계에서도 드론의 쓰임은 크게 증가하고 있다. 헬리콥터나 높은 곳에서 위험스럽게 촬영하던 시대에서 가볍게 드론을 띄워 손쉽게 어느 곳에서든지, 다양한 각도로 촬영이 가능하게 되었고, 그러한 자유로운 시각덕에 영상의 컬리티도 많이 성장되어 졌다.

그러한 드론 시장을 주도하고 있는 나라가 바로 중국이다. 드론(Drone)의 사전적 의미는 '웅웅 거리는 소리'이다. 프로펠러 소리가 마치 웅웅 거리며 낮게 날아다니는 벌과 같다는 뜻에서 붙여진 말로 통상 소형 무인 비행체를 지칭한다. 드론은 1918년 미군이 개발한 75마일을 날아가 자폭하는 무 인 비행기 '캐터링 버그(Kettering Bug) 지금 드론 시장의 90% 이상이 군사용으로 제작된 제 품이다.

민간용 드론은 미국의 크리스 앤더슨이 설립한 'DIY드론스 닷컴'에서 DIY(do-it-yourself) 저가 소형 드론을 만들기 시 작하면서 점차 확산되었고, 중국의 DJI와 프랑스의 패럿이 본격적으로 가세하면서 시장이 확대되고 있다.
기업가치 10조 원으로 평가받는 DJI는 2006년 중국 선전 시에서 창업한 드론 제작 업체다. 2016년 기준 6,000여 명의 종업원을 두고 세계 100여 개국에 제품을 공급하고 있다. 2016년 매출은 15억 달러를 넘어선 것으로 추정되고 80%이상이 해외에서 발생한다고 한다.

드론 동호회 등 드론을 개인의 취미활동으로 개발되어 상품화된 것도 많이 있다. 정글이나 오지, 화산지역, 자연재해지역, 원자력 발전소 사고지역 등 인간이 접근할 수 없는 지역에 드론을 투입하여 운용한다. 점차 드론을 활용하여 수송목

적에도 활용하는 등 드론의 활용 범위가 점차 넓어지고 있다. 드론이 개발되던 초기에는 표적드론(target drone) ·정찰드론(reconnaissance drone) ·감시드론 (surveillance drone)으로 분류하였지만 현재는 활용 목적에 따라 더욱 세분화된 분류가 가능하다.

드론에 대해 간단하게 구별할 수 있는 방법이 있다. 날개가 3개인 트라이콥터, 4개인 쿼드콥터, 5개인 펜타콥터가 있어요. 명칭만 본다면 컴퓨터의 CPU와 비슷한 것 같다. 활용면에서도 3가지 구분이 가능하다. 첫번째 드론은 측량을 하는데에 아주 유용하게 사용할 수 있다. 사람이 직접 찾아가기 어려운 산이나 높은 지역 등에 고성능 카메라를 탑재하여 가보지 않아도 지형과 지물을 촬영하여 자료의 토대로 사용하거나 보고서 등에 사용된다.

두 번째는 바로 '의료용'이다. 교통 체증 등 위급상황에 시간이 지체되면 골든타임을 놓치기 쉽기 때문에 골든타임을 놓치지 않기 위해 드론을 사용하는 경우도 있다. 그 대표적인 예가 바로 '심제세동기 드론'이라고 한다. 또한 최근에는 초미세 드론도 의료에 사용하고 있다.

세 번째로 탐사용이 있다. 우주와 지구를 탐사할 때 위험한 지역으로 사람이 직접 가지 않고 드론을 통해 어떤 것들이 있는 확인하는 용도로도 사용하고 있는데, 최근 가장 많은 주목을 받고 있는 드론의 한 종류이기도 하답니다.

취미용 드론도 있는데 드론축구에 사용되는 드론이라 한다. 드론 축구는 드론으로 동그란링 안에 드론을 넣어 점수를 획득해 높은 점수를 취득하면 이기는 스포츠로 드론 산업 육성과 스포츠 관광 활성화라는 목표를 가지고 개최되고 있다고 한다.

드론을 이용한 다양한 화각의 촬영에 관심이 있어 중국산 드론을 사용하고 있다. 나름 가격대비 만족스럽기는 하지만 이것저것 도시지역에서의 활용은 매우 제약이 많다. 고층건물, 국가기반 시설, 군사시설등 각종 이륙금지조치로 인해 드론을 띄우지 못하는 경우도 많다. 이러한 제약도 많이 해결이 되면 더욱 활성화될 것 같기는 하지만 그에 따른 안전망 구축도 시급해 보인다. 추석기념 300대의 드론쇼를 보면서 기술력에 감탄을 한적이 있는데 그와 함께 가끔씩 드론 오작동으로 드론이 추락하는 경우가 뉴스로 나오곤 한다.

앞으로 드론의 미래를 어떻게 될지? 드론이 사람을 대신해 위험한 작업을 수행하고 산업현장의 안전 혁신을 주도할 스마트 드론이 활성화 될 것이라고 생각은 의심의 여지가 없어 보인다.

35. 중국 학교

退而求之，能学之师多。
人到之处，所见所闻，皆为师者，学之甚多。　-孟子
물러나서 조용하게 구하면 배울 수 있는 스승은 많다.
사람은 가는 곳마다 보는 것마다 모두 스승으로서 배울 것이 많은 법이다.　-맹자

　산책을 하다가 중국학교 건물을 본적이 있다. 밤늦도록 환히 밝힌 불빛이 나름 긴장감을 감 돌게 한다. 한국의 고등학교 야자처럼 밤늦게까지 공부에 매진하고 있는 모습은 사뭇 비범하기 까지 하다.

　중국의 학교생활은 배움이라는 측면에서 동일하겠지 생각하겠지만 제도적 현실은 우리나라와 다른 점이 많다. 비슷한 듯 미묘하게 차이나는 여러 가지 제도들에서 우리나라와 중국교육 시스템의 각각의 교육철학을 읽을 수 있다.

　중국에서 느꼈던 가장 특이한 교육 시스템은 연휴 전후로 있는 대체 수업체제다. 명절이나 기념일, 춘절, 청명절, 국경절을 지난 후에는 어김없이 주말 수업이 이루어진다. 토요일, 일요일 학교에서 수업을 한다. 연휴로 많이 쉬었으니 주말을 이용해서 배움의 공백을 메꾸어야 한다는 공산주의 적인 생각이다. 휴일에 대체 수업이 이루어지는 주말에는 공공장소들이 매우 한산하다. 학교도 그렇지만 회사나 일터도 대체 근로가 거의 함께 이루어진다. 그래서 혹자는 연휴나 기념일, 긴 국경일이 마냥 즐겁지 만은 않다고 생각한다.

　두 번째, 한번 정해진 반은 졸업 때까지. 중국 드라마에서도 많이 등장하는데 중학교나, 고등학교 3년 내내 같은 반 친구들이 졸업할때까지 함께 공부한다. 물론 담임 선생님도 역시 변하지 않는다. 와우~ 잘못된 만남이 시작되면 3년, 6년 간 계속 지속되는 것이다. 친한 친구들과 헤어지지 않아도 된다는 장점도 있지만 다양한 친구들을 사귈 기회가 적다는 아쉬움도 있다. 한국에서는 연임이라는 제도로 교육기관에서 일부 행해지기는 하지만 여러 가지 어려움 때문에 거의 1년 단위로 변화가 이루어진다. 다양성이냐 익숙함이냐의 장단점이 있는 학교 풍경이다. 중국인들에게 초등학교 내내, 중고등학교 내내 같은 반, 같은 선생님이면 지

겹지 않냐?는 물음에 오히려, 학생들을 자세히 파악하고 익숙해야 학업 성취도가 높을 것이라고 그들의 시스템을 옹호한다.

세 번째, 급식, 중국에서는 정해진 메뉴를 배급받는 한국 학교들과는 달리 대부분의 중국 학교는 학생식당이 뷔페식으로 준비된다. 다양한 음식들이라고 하지만 사실 거의 볶고, 튀기고 익히는 음식들을 학생들이 자신의 입맛에 맞게 원하는 음식을 골라 먹는다. 한 끼에 가격을 정하는 학교들도 있고 음식마다 가격을 정해놓고 선택한 음식에 따라 가격을 지불하는 경우도 있다. 많은 이들이 급식을 그다지 선호하지 않아 매점이나 학교 인근 식당을 이용하거나 배달을 시켜 먹는 일도 흔하다.

네 번째 시험제도, 중국 중학생들은 고등학교에 진학학기 위해 모두 고등학교 시험(中考)를 본다. 6월 2~3일간 진행되는데 체육 실기시험, 한국에서 보던 체력장 같은 것도 시험을 본다.(제자리 멀리뛰기, 공던지기, 줄넘기, 윗몸일으키기, 오래달리기 등)이 포함된 체육실기시험을 보는데 이때 점수를 잘 받기 위해 사설기관에서 사교육을 받는 학생들도 상당수 된다. 대입시험도 물론 중요하지만 중학교 시험을 잘 봐야 명문 고등학교에 진학 가능하고, 명문 대학교로 진학할 가능성 또한 높아진다. 고등학교에서는 대입(高考) 뿐 아니라 졸업 시험도 별도 치르게 된다. 고등학교 졸업장을 받기 위해서는 시험에 참여해야 하며 고등학교 2학년부터 3학년에 걸쳐 6월 1일에 시행되고, 시험문제는 그다지 어렵지 않아서 1차 합력률이 90%이상 되며, 만약 통과하지 못할 경우에도 해당 과목만 재시험을 치루면 된다. 대입이나 고입 시험날에는 우리네 부모들처럼 학교 앞에서 기도하며 기다리는 풍경이 펼쳐지는데 찰싹 붙으라는 뜻에서 엿이나 떡 등으로 건물에 붙여놓는데 이 또한 자리 경쟁이 치열하다.

중국 고등학교 건물을 밤에 지난 적이 있었는데 불야성을 이루며 학업에 뜨겁게 매진하는 학교 창문 불빛이 매우 인상적이었다. 학문의 매진하는 중국의 수억 명의 학생들로 인해 중국의 성장에 대한 긴장과 기대가 함께 된다.

길림성연변제1중학

36. 신기한 음식

幸福给予我们健康根本的能量。 -亨利·弗雷德里克·阿米埃尔
행복은 우리에게 건강의 근본이 되는 에너지를 준다.-앙리 프레데릭 아미엘

　신기한 것에 대한 호기심은 모두들 갖고 있을 것이다. 정도에 차이가 있을 터인데 본인 또한 신기한 것에 대한 욕구가 욕망이 굉장히 큰 편에 속한다. 의. 식. 주. 각종 용품 등. 신기한 것에 대한 경험, 그리고 그것에 대한 가치를 높게 사는 편이라 매일 매일 도전적인 일상을 이어가고 있는 편이다. 그러한 도전이 주는 소소한 행복감도 정말 무시 못 한다.

　경험주의자 민족으로 볼 수 있는 중국인들도 무엇인가에 대한 경험 유무를 매우 중요하게 생각한다고 한다. 그것이 나와 타인을 구별 짓는 중요한 지점으로 생각하고 특히, 새로운 맛에 대한 욕구와 기대는 더욱 강력하게 나타난다. 중국 사람들은 하늘을 나는 비행기, 땅을 누비는 자전거 빼고는 다 먹는다고 하지 않던가?

　중국인들은 음식문화에 대한 추월성과 개방성, 도전성을 특히 자랑하고 있는데 밥을 사고, 대접을 받는 행위도 단순한 한 끼 식사를 넘어 사람과 사람사이의 관계 지렛대를 형성해 주고 동시에 목숨보다 때론 중요하게 여겨지는 체면 문화와도 연결되어 해석된다. 예로부터 중국에서는 '돈 많은 사람들이 진귀한 음식을 먹는다'라는 인식이 있다고 한다. 신기하고 새로운 음식, 귀하고 특별한 음식을 먹는 것은 곧 다른 사람들의 시각 속에서 나는 부유하고 넉넉하다는 이미지를 만들어 주고 그와 동시에 체면 세우기에 크게 일조를 하는 셈이다.

　2012년 12월 중국 탐험가라는 인터넷 잡지에 흥미로운 기사가 게재되었다고 한다. '왜 인류는 야생동물을 학살 하는가?'라는 제목으로 화제가 된 기사인데 내용은 쓰촨성에 거주하는 한 남성의 행위를 보여주면서 설명한다. 그 남성은 방금 박피를 한 듯한 원숭이를 들고 얼굴에 만면의 미소를 띠고 있는데 살점이 떨어져 나가는 듯한 고통 속에서 생을 마감했을 원숭이와는 전혀 딴판으로 그것들의 아픔은 나와는 아무 상관없다는 무관한, 무심한 표정의 행복해 하는 남자의 모습은 기사를 접한 사람들의 분노를 일으키기에 충분했다고 한다. 야생성을 넘어 야만성까지 보며 특별한 사람들 속에 끼고 싶은 마음은 하나도 없지만 새.로.움.이라는 도전은 본능적으로 늘 꿈틀 거리며 움직인다.

어느 나라도 그렇지만 중국도 야시장 거리가 참 많이 있다. 그곳에서 자주 보이는 특이한 음식 체험을 해 보았다. 멀리서 보면 전혀 특별할 것 없는 달걀 구워 파는 가판대였는데, 자세히 살펴보면 그냥 계란이 아니다. 바로 부화 직전의 계란 구이, 달걀을 반쯤 까놓고 병아리의 모습이 보이게 디스플레이 한 후 먹음직스럽게 구워낸다. 호기심 발동으로 병아리 계란 하나 들고 천천히 맛을 음미해 보는데, 미니 치킨 닭다리 먹는 느낌이었다. 중국 특유의 향이 조금 배어 있고, 생김새만 보지 않고 먹는다면 일반인들도 충분히 먹을 만한 음식이라고 생각되었다. 솜털이 육안으로 식별 되지만 맛은 맛일 뿐이다. 거리에서 번데기도 먹는 한국인인데 대수롭지 않게 말이다.

건강식이며, 보양식이라 말들이 있지만 그렇다고 즐겨 먹고 싶은 맛은 아닌 것 같다. 한번으로 족한 음식, 그렇게 보면 평소에 먹는 가정용 백반은 참 양반 스럽고 품위 있는 식단이라 생각이 든다. 질리지 않는 평범함과 소박함이 주는 안정감. 그래도 늘 일탈을 꿈꾸는 이들에게는 특별한 음식들을 추천해 보고 싶다는 생각이 든다. 다음에는 타조요리나 먹으러 갈까?

37. 새벽 시장

钱都有什么用？ 如果一个人早上起床,晚上睡觉,在这期间做自己想做的事情,那个人就成功了。-鲍勃·迪伦

돈이 다 무슨 소용인가? 사람이 아침에 일어나고 밤에 잠자리에 들며 그 사이에 하고 싶은 일을 한다면 그 사람은 성공한 것이다.-밥 딜런

새벽을 여는 공기는 참으로 상쾌하다. 김이 모락모락 나는 새벽시장, 시끌시끌 젊음과 흥겨움이 넘치는 등불 환한 야시장, 시간의 이름을 딴 시장에 가보는 것을 참으로 좋아한다. 그곳에서는 사람 사는 냄새를, 풍경을, 맛을 제대로 느낄 수 있다는 생각이 든다.

수상시장, 대표적인 연길에 있는 새벽시장에 가끔씩 나가보면 나름 진풍경이 펼쳐진다. 새벽 5시부터 후끈한 열기와 인파, 모락모락 피어나는 김들 사이로 사람들의 건강함이 물씬 베어 나온다. 수상시장의 가장 독특한 풍경으로서는 비슷비슷하게 생긴 개들이 주우욱 누어서 보신용 고기로 팔려나가고 있는 장면이다. 처음엔 끔찍하기도 하고 비.문.명.적 느낌이 들어 가까이 가지 못했는데, 자주 보면 그것도 익숙해지고 친근함마저 느끼게 된다. 연길에서의 보신탕 문화는 참으로 대중적으로 자리잡고 있다.

수상시장에 가면 늘 사는 음식이 있는 데 그것은 바로 요티아오다. 요티아오(油条)는 반죽한 밀가루를 기다란 막대 모양으로 튀긴 중국식 음식으로 우리가 흔히 먹는 꽈배기 만드는 것과 비슷하다고 보면 된다. 대신 꽈배기는 설탕으로 뿌리고 꼬아 만들어 놓지만 요티아노는 막대 반죽을 기름에 넣고 튀기면 겉은 바삭바삭 하면서도 안은 쫄깃한 식감이 식욕을 자극한다. 씹으면 씹을수록 기름과 밀가루 맛의 조합이 묘한 매력을 느끼게 하는 음식이다.

송나라 때의 진회라는 나쁜 신하가 충신인 악비를 핍박하자 백성들이 요티아오와 유사한 밀가루 식품인 유자후이(기름으로 진회를 튀겨버린다는 뜻)을 만들어 분노를 표시한 데서 비롯되었다고 한다. 분노의 상징 요티아오와 함께 판매하는 대표적인 음식으로 또우장(豆浆)이 있다. 일명 콩장으로 우리나라 두유와 비슷한 마시는 음료다. 또우장도 1900여년전 유안이라는 효심이 강한 아들이 어머니가 병에 나자 매일 황두(黃豆)를 갈아 마시게 했으며 그 이후로 민간에 유행이 되었다고 한다. 취향에 따라 또우장은 소금, 설탕을 넣어 먹고 먹기도 하고 짝꿍인 요티아오를 적셔 먹기도 한다.

 요티아오와 짝꿍인 또우장을 한보따리 사고 나면 숭국돈 10元을 부른다. 그러면 위챗페이로 결재하고 주말 하루의 식기를 채운다. 한국돈 1000원 정도로 하루 배고픔을 채우는 것이다. 이렇게 생활하다 보면 한달 식비 300元으로 해결 가능할 것 같은 생각도 든다. 이참에 중국식 다이어트를 시작해 볼까도 잠시 고민해 보았지만 다양한 먹거리 먹는 즐거움을 놓치고 싶지는 않아 생각을 접는다.

 소탕, 개탕, 각종 채소와 과일, 일용품들이 즐비한 새벽시장을 가로 지르고 나면 새벽이 가고 아침을 맞는다. 새벽시장 속 상인들과 호흡과 공기들로 충전한 에너지로 하루를 다시금 힘차게 살아가게 된다.

38. 베이징 체험기

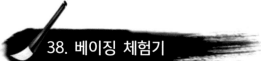

一个人的祖国无论哪里都是他昌盛的地方。-阿里斯托帕内斯

한 사람의 조국은 어디든 그가 번창하는 곳이다.-아리스토파네스

　　중국 생활의 시작은 수도 베이징에서 부터다. 자고로 가장 중심도시를 경험해 봐야 그 나라를 파악할 수 있을 것 같은 생각이 들어서 처음 정착지를 베이징으로 정했다. 북경한국국제학교, 지금부터 10년 전, 아들과 아내와 함께 중국, 북경 생활이 시작되었다. 주변 선생님의 도움으로 그리 어렵지 않게 초기 정착이 이루어 졌으며 대부분 한인 주거 중심으로 생활이 이루어졌기 때문에 특별히 외국이라는 어색함과 이질감도 별로 없었다. 어려움이 발생하면 윗집, 아랫집 동료들, 지인들의 도움을 청할 수 있어 나름 낯선 나라에서 건강하게 생활을 유지할 수 있었다. 큰 탈 없이 무던하게 지낼 수 있었던 베이징 살이.

　　베이징은 서쪽, 북쪽, 동북쪽 산으로 둘러싸인 전형적인 분지, 내륙도시로 약칭은 징(京 jing)이라고 한다. 그래서 걷는 것, 도보 산책이 매우 편리하며 대규모 개인 교통수단인 자전거들을 많이 만날 수 있다. 집집마다 자전거는 필수품 이다. 10년 전만 해도 공동 이용 수단 형태(일명 따릉이)가 아니었기에 가족별로 자전거를 소유하고 있는 경우가 많았다. 관리를 철저히 하지 않으면 도난 사고가 워낙 많이 일어나기 때문에 잠금장치는 필수다.

　　베이징은 시 전체가 바둑판 모양으로 반 듯 반듯하게 정렬되어 있다. 도시 외곽은 반지 모양의 순환도로로 감싸고 있고 가장 중심에는 자금성, 천안문이 있다. 그 당시에는 도시(아파트)에서 폭죽도 자유자재로 터뜨리고, 제법 명절 분위기 났었는데, 지금은 일선 도시들에서는 전면 금지로 폭죽 구경을 할 수 없다.

　　명나라, 청나라 시기 베이징은 황제와 중앙관료가 거주했던 통치 중심 지역이었기 때문에 관료 문화적 기품이 형성 되어 있다. 한양에서 과거 시험 보듯 중국에서도 시험을 치르기 위해 베이징으로 가야 했으며, 자연스럽게 전국의 인재들이 베이징으로 모여 들고, 황실과 관료들의 호사스러운 생활로 요리, 공예, 조각, 서화 같은 예술 문화 사업이 활발하게 발전하게 되었다. 지금도 마찬가지로 전국 각지에서 최고의 명문대학인 베이징대에 입학하기 위해 수 억 명의 학생들이 학업에 매진하고 있으며, 도시의 장점인 일자리때문에도 베이징 도시로 직장을 구하기 위한 인구 유입은 꾸준하게 늘고 있는 편이다.

 베이징 심장부의 천안문 광장은 근,현대사의 정치변화를 상징하는 곳이다. 마오쩌둥 사진이 크게 걸려있는 천안문 광장에서 오성홍기 게양식이 이루어지는 데 새벽마다 이를 보기 위해 수많은 인파가 몰려 들기도 한다. 광장주위로는 중국혁명 역사 박물관과 마오쩌둥 주석 기념당, 인민 대회당 등이 있어 영향력 있는 정계 인물들이 천안문 광장에 모여 들고 그로 인한 정치적 위상이 매우 높게 형성되어 있다.

 여행을 하게 되면 필수코스인 천안문 광장, 자금성, 이화원, 만리장성 코스 돌면 다리 뻐근하게 정말 많이 걷게 된다. 게다가 스차하이, 베이하이, 천단공원 등 소소한 곳 전부 살펴보려면 베이징에서도 몇일 몇날을 묵어야 볼 수가 있을 것 같다. 다행히 베이징 거주하면서 거의 대부분의 지역을 살펴보았지만 가끔씩 다시 가보고 싶은 곳 중에 하나다. 수도로서의 권위와 역사적으로서의 중심성이 아직도 베이징을 입문하지 못한 수많은 중국인들에게는 선망의 도시오, 여행지 1순위 도시가 아닌가 싶다.

如果你是热情的对象，就踢开窗户跳下去。

如果你感到热情，就逃离它。

热情已经过去，无聊感依然存在。-加布里埃尔 香奈儿

당신이 열정의 대상이라면 창문을 박차고 뛰어내려라.

열정을 느낀다면 그것에서 도망쳐라.

열정은 지나고 지루함은 남는다.-가브리엘 샤넬

중국 하북성 북동부에 자리한 승덕(承德)는 청나라때 황제의 여름 별장으로 피서산장으로 유명한 곳이다. 청의 황제는 선양(당시의 봉천)에 제사를 지내러 갈 때마다 황제는 요양과 휴식을 위하여 승덕(承德)에 머물렀다고 한다. 계절과 날씨가 좋고, 자연이 수려하며, 풍경이 아름답기에 황제가 쉴 만한 곳이었던 것이다. 청더에는 온천 등도 있었기 때문에 강희제는 결국 1703년에 청더에 2개의 별궁을 짓기로 결정하고 이후 옹정제를 거쳐 1741년 건륭제 때 대규모 정비가 이루어져, 준공으로부터 87년이 지난 1790년에 완성한다. 청나라 황제의 여름 집무지로, 정치, 군사, 외교 등의 국가대사에 중요한 역할을 한 곳이다. 이런 이유로 베이징 다음가는 제2의 정치 중심으로 불렸다.

승덕(承德)는 4대 명원 중에 하나이다. (쑤저우(苏州, 소주)의 쥐정위안(拙政园, 졸정원) 및 류원(留园, 유원)과 베이징 이화원(颐和园) 러허행궁(热河行宫, 열하행궁) 또는 청더이궁(承德离宫, 승덕이궁)으로 불린다. 피서산장은 120여 채의 건축물로 구성되었으며 총면적은 5.6㎢, 주위의 담장 둘레는 10㎞에 달하며 자금성과 유사하게 설계되고 이름에 걸맞게 약 3℃ 정도 낮은 것으로 알려지고 있어 여름에 방문하게 되면 정말 선선함을 느낄수 있다. 늦가을이나 겨울방문은 오히려 추울 수 도 있겠다.

피서산장의 건축은 중국 강남지방의 훌륭한 정원과 명승을 참고해 지어졌다고 한다. 특히 쑤저우의 사자림과 한산사, 항저우의 무릉사와 육화탑, 진강의 금산정, 가흥의 연우루 등의 명소들을 모방하였다고 전해진다. 내몽골과 대흥안령 등으로

부터 소나무를 가져와 건축물에 이용했다. 피서산장과 주변 사원의 경치는 자연 환경과 건축물의 조화를 보여 주는 훌륭한 사례로, 현대에 까지도 경관 설계에 큰 영향을 끼치고 있다.

현재의 승덕(承德 청더, 옛 지명 열하熱河)의 열하행궁(熱河行宮)이라고도 칭하는데, 1780년 조선 정조 4년 사행단의 박명원의 수행 비서역에 해당하는 군관자제 신분으로 따라가면서 기록한 연암 박지원의 전 26권의 열하일기는 조선을 출발하여 이곳에 도착하여 건륭제를 만나는 과정을 적은 기행문이다. 조선 사신단은 열하(熱河)에서 1780년 음력 8월 9일부터 8월 14일까지 6일간 머무는데 이에 대한 박지원의 기록이 열하일기 제6권 태학유관록(太學留館錄)에 담겨 있다. 특히 피서산장에 관한 기록은 마지막권인 26권 피서록(避署錄)에 잘 나타난다. 당시의 연암의 행적은 한양을 출발해 압록강을 거쳐 박천, 의주, 풍성, 요양, 거류하, 북진, 산해관, 옥전, 연경 그리고 목적지인 열하(청더)까지 장장 4개월간의 빡빡한 일정이었다고 전해진다.

열하일기의 기행처럼 많은 사람들의 그 코스대로 여행과 기행을 하는 여행팀들도 있다고 한다. 여름에 지인들과 이곳에 방문한 적이 있는데 느낌인지, 날씨 덕인지 실제로 선선한 기운을 많이 받았고 원림이 주는 상쾌함이 가득했던 기억이 난다. 열하에 손을 담가 보지 않아 정말 뜨거운 지 느낌은 없었지만 청나라 사신단의 기행 과정을 조금이나마 체험하고 이해 할 수 있는 방문이었다.

40. 소림사에서

相信自己。
相信自己的能力。
虽然谦虚，但如果没有合理的自信，就无法成功，也无法幸福。
-诺曼·文森特·菲尔

자신을 믿어라.
자신의 능력을 신뢰하라.
겸손하지만 합리적인 자신감 없이는 성공할 수도 행복할 수도 없다.-노먼 빈센트 필

중국에서는 100년의 역사를 살펴보려면 상하이로 가고, 600년의 역사와 문화를 보려면 베이징으로, 3000년의 역사를 보려면 시안으로, 그리고 5000년의 역사를 보려면 허난에 가봐야 한다는 말이 있다고 한다. 허난의 뤼양은 하나라를 비롯한 13개 왕조가 1500년 동안 도읍을 했던 곳으로 도교나 불교가 이곳에서 태동되고 유입되었던 곳이다.

바로 이곳에 소림사가 있는데, 중국영화 취권이나 무술 장면의 영향으로 수많은 관광객이 몰리는 곳 중에 하나다. 소림사(少林寺, 샤오린샤)는 북위의 효문제의 명으로 495년 공사를 시작하여 창건되었다. 바로 이 소림사에서 인도의 불경들이 중국어로 번역되었으며, 선종의 교리가 완성되었다. 참선을 보완하는 수행 방법의 하나로 무술을 도입한 것으로도 널리 알려져 있는데, 이 무술이 훗날 고난도의 악명 높은 소림 쿵푸로 발전하였다.

원래의 절 구조는 단순했지만, 왕조가 바뀔 때마다 증축을 거듭하여 더욱 웅대해지는 바람에 현재의 구조는 주로 명대와 청대의 것이 대부분이라고 한다. 주요 건물이 중앙축을 따라 늘어서 있는, 완벽한 대칭 균형을 무너뜨리지 않으려고 애쓴 흔적이 보인다. 가장 크고 인상 깊은 건물중 하나는 천불전(千佛澱)으로, 그 실내는 정교한 벽화로 장식되어 있는데 오늘날까지도 보존 상태가 좋다.

소림사에서 그리 멀지 않은 곳에는 중국 건축사상 가장 위대한 프로젝트 중 하나라 할 수 있는 탑림(塔林)이 있다. 이곳에는 놀라우리만큼 다양한 형태의 탑들

이 246개의 묘소를 지키고 있다. 이러한 구조상의 다양성에 선종의 발생지라는 중요성까지 더해져 소림사는 중국에서 가장 중요한 불교 유적 가운데 하나이다.

쿵푸 무술에 조금이라고 관심이 있는 사람들은 꼭 가볼만한 곳 중에 하나지만 워낙 관광객 바가지로 유명한 곳 (입장료 등)이라 다녀온 사람들은 많이 실망스럽다고들 한다. 그럼에도 불구하고 중국 전통무술의 산지 쿵푸의 동작을 구경해 보고 싶다면 소림사로 직행하시라

41. 병마용의 도시 시안

人类为了寻找自己需要的东西而环游世界,回到家后发现它。-乔治·摩尔

인간은 자신이 필요로 하는 것을 찾아 세계를 여행하고 집에 돌아와 그것을 발견한다.-조지 무어

가족과 함께 시안 여행을 떠난 적이 있다. 중국에 왔으니 가장 규모가 큰 무덤 정도는 봐야 하지 않겠냐는 생각과 세기의 미녀 양귀비의 흔적도 있으니 겸사겸사 방학을 맞이 하여 시안 여행을 떠났다.

진시왕의 병마용이 있는 도시, 시안, 중국의 3000년 전 문화를 제대로 보려면 시안으로 가라는 말이 있는데, 시안의 역사 유적들은 세계적인 정치가들이 한 번씩 방문하여 보는 전용 코스 중 하나다. 과거 교통의 중심지였던 시안은 인구가 100만명을 넘는 국제 도시로 유럽, 아라비아, 아프리카로 이어졌던 비단길(실크로드 sichou zhilu)의 시발점 지역이다. 송나라 때는 요나라, 금나라 서하, 몽골 등의 침량을 받아 주 민족인 한족 대신 무슬림 인구가 대거 유입되기도 했는데 현대에는 모택동의 장정 끝에 시안성 예안에 도착하여 중화인민공화국의 기틀을 마련한 곳이며, 중화민국 총통 장제스와 제 2차 국공 합작을 성립하여 항일투쟁의 초석을 다진 곳이기도 하다.

시안의 옛 명칭은 장안(長安 changan)으로 로마, 아테네, 카이로와 함께 세계 4대 역사 도시로도 불리운다. 그중에서 가장 유명한 유적지는 단연 병마용, 그리고 양귀비의 화청지, 대안탑, 종루 등이 있다. 중국 산시성의 리산남쪽 기슭에 있는 가장 유명한 진시황릉(秦始皇陵)은 중국을 최초로 통일한 진시황(BC 259~BC 210)의 무덤이다. 1974년에 발견된 이 고고학적 유적지에는 아직도 발굴되지 않은 수많은 병마 형상들이 남아 있다. 진시황릉은 수도인 셴양(咸陽)의 도시 계획을 그대로 반영하여 설계하도록 한 것으로, 무덤 안은 유명한 병마용(兵馬俑)에 둘러싸여 묻혀 있다. 말이나 마차를 타거나 무기를 지닌 병마용들은 형상이 제각각이며 매우 사실적이어서, 당시의 의복과 무기, 마구 등의 형태와 구성, 그리고 시황제의 사상 등을 알 수 있는 역사 유적지다.

병마용(兵马俑)은 병사와 말의 형상으로 빚은 인형으로, 본디 허수아비라는 뜻의 '俑'은 장례에 부장품으로 쓰기 위해 나무나 진흙, 돌, 도기 등으로 만든 사람의 형상을 말한다. 진시황(秦始皇)의 병마용 또한 진시황의 무덤 부장품이며 불멸의 생을 꿈꿨던 진시황이 사후에 자신의 무덤을 지키게 하려는 목적으로 병사와 말의 모형을 흙으로 빚어 실물 크기로 제작한 것이다. 예전에는 국왕이 죽으면 국왕을 섬기던 가신이나 병사도 따라 죽는 경우가 많았다. 하지만 국력 쇠퇴를 우려한 시황제는 병사들 하나하나를 꼭 닮은 인형을 만들게 하여 매장하는 기지를 발휘했다.

1974년 중국의 한 농부가 우물을 파다가 우연히 한 조각의 파편을 발견하면서 많은 병마용의 존재가 밝혀졌으며 현재도 계속 발굴 진행 중이다. 거대한 규모와 정교함을 두루 갖추고 있어 세계 8대 불가사의로 꼽히기도 한다. 진시황 병마용 박물관은 정비되어 현재 1호 갱부터 3호 갱까지 공개되고 있다. 도용들이 모두 제각기 다른 자세와 표정, 복장, 머리 모양을 하고 있으며 매장될 당시에는 채색된 모습이었다고 한다.

압도하는 규모의 진시황 무덤을 보면 대규모 스케일에 감탄이 나온다기 보다 허무하다는 생각이 먼저 든다. 무엇을 위해 저렇게 대규모의 능과 각종 병마용을 제작해야 했는지, 그렇게 만들기 위해 수많은 사람들의 희생은 어떠했는지. 후대를 위한 관광지 이상의 의미 밖에 던지지는 못하는 것 같아 씁쓸함도 남는다.

42. 상하이 트위스트

如果向着一个方向深爱，向另一个方向的爱也会加深。-安妮-苏菲·斯威钦

한 방향으로 깊이 사랑하면 다른 모든 방향으로의 사랑도 깊어진다.-안네-소피 스웨친

'동양의 파리'라 불리는 국제도시, 상하이. 황푸 강변을 사이로 128층 상하이타워, 105층 국제금융센터 등 수백 개의 초고층 빌딩숲과 끊임없이 오가는 차, 배, 비행기로 가득 찬 도시가 상하이다. 128층 옆 건물 92층에서 내려다 본 상하이의 거대한 마천루 위용은 거대한 도시가 한눈에 들어오기에 사뭇 장엄하고, 다른 세상 속에 있는 착각을 일으키기도 한다.

상하이에 거주하면서 누렸던 최대 장점은 핫한 국제적인 쇼, 전시회를 볼 수 있다는 것이다. 거의 매주 한주도 빠짐없이 국제적인 행사가 열리는데 그중에 가장 많은 인파가 몰리는 것은 상하이 모터쇼다. 입장부터가 인해전술이 연상되며 거의 밀리다 시피 이동하며 보게 되는 수많은 차들의 향연은 정말 장관이다. 영화에 나올만한 그런 컨셉차 부터해서 금으로 도배한 황금버스, 최첨단 장비가 들어간 옵션용 미래용 차까지 눈 호강 제대로 해볼 수 있는 기회가 된다. 물론 시승도 가능하기에 줄을 서서 멋진 차에 타 볼 수 있는 호사도 누린다. 평생 타볼까 말까한 외제차를 이것 저것 시승해 보는 즐거움.

상하이는 중국 최대 경제도시이자 국제 항구도시로 후(Hu)라는 약칭을 쓴다. 제주도 보다 남쪽에 있기 때문에 기후는 전반적으로 온난한 편이다. 사실 온난한 편을 넘어 여름이 되면 뜨거운 열기의 몰아침은 대단하다. 에어컨있는 건물들을 전전해야 살 듯한 강렬한 뜨거움과 습함이 함께하는 곳이 상하이다.

황푸강이라고 상하이를 남북으로 가르지르는 강으로 창장강과 만나 바다로 들어간다. 강을 중심으로 서쪽 지역을 푸시, 동쪽 지역을 푸동이라고 하고, 푸시의 황푸강 강변을 따라 형성된 거리는 와이탄은 아름다운 야경으로 유명하다. 물론 푸동 쪽 야경은 뉴스나 상하이 소개 메인으로 자주 등장한다. 코로나로 인해 푸동이 통제되었다거나, 푸시가 봉쇄 되었다는등의 이야기가 나오는데 그 기준이 황푸강이 기준이 되었다.

상하이에 거주하면서 가끔씩 와이탄 변을 거닐다 보면 세상 사람들이 죄다 이곳에 몰려있는 것 같은 착각이 들만큼 사람들로 모여든다. 횡단보도 한번 건너려면 10열 종대로 경찰(공안)의 통제아래 건너기도 하는 풍경이 벌어지기도 한다. 보통 휴일이면 기본적으로 백만의 인파가 몰리는 난징루는 우리나라 명동 거리 같지만 규모는 더욱 압도적이다.

상하이는 베이징과 함께 중국을 대표하는 1선 도시로 남방과 북방, 경제와 정치, 기질과 취향도 대조적이며 나름 도시민의 자부심이 대단하게 형성되어 있다. 주변에서 또는 순수한 상하이 호적이 아니면 이것저것 제약과 불이익이 많이 가해진다. 자동차만 해도 상하이 자동차 번호판을 받으려면 경매라는 것을 거쳐야 하고 번호판 가격만 8~9만위안 우리돈 거의 1500~2000만원 돈이 든다. 그것도 바로 살수가 없고, 상하이 번호판이 없으면 출퇴근 러시아워시간대에 고가도로(전용도로)를 이용 할 수 없다. 물론 무단 이용시 벌금.
예전에 상하이 거주중에 길을 잘못 들어 외지 번호판을 달고 고가도로로 가다가 공안에게 적발 된 적이 있었는데, 다행히 외국인 선처로 벌금은 내지 않은 적이 있다.

상하이 사람들은 매우 계산적이며, 개인주의 적인 성향이 강하다고 한다. 국제도시 상하이의 역사 속에서 항상 발 빠르게 적응하고 그 속에서 발전할 기회를 찾아야 했던 그네들은 국가와 사회에 대한 전통적 가치관이 부정되면서 현제의 현실적 이익이 중요하다고 생각하면서 가치관도 많이 바뀌었다. 아직도 우리들은 중국을 무시하는 경향이 매우 지배적이지만 사실 상하이를 방문하거나 거주했던 경험이 있는 사람들은 그런 생각이 많이 줄어들 것 같다. 상하이는 경제 트위스트 지역이다. 거대도시 서울이라 하지만 서울보다 더큰 규모와 인구와 경제력을 가진 상하이. 이름처럼 계속 가파르게 상승하는 중이다.

43. 소주, 진로

天堂就在我们头上，脚下。 -亨利·戴维·索罗
천국은 우리 머리 위에도 있고, 발 아래에도 있다. -헨리 데이비드 소로

중국 패키지 여행중에 많이 나오는 곳이, 항주와 소주다. 이름만 보아서는 주류와 관계깊은 곳인가 하지만 소주는 경치가 멋진 도시에 하나다. 중국발음으로 하면 쑤저우(苏州)이지만 한국인에게는 소주로 통한다. 소주도 물로 만들어 지고, 중국 소주도 물로 유명하다는 유사점이 있다. 장강 하루에 위치한 소주는 '하늘에는 천당이 있고 땅에는 소주, 항주가 있다'라고 말을 할 정도로 자연 경관, 특히 물과 관련된 풍광이 일품인 곳이다.(上有天堂,下有苏杭)

중국 사람들은 생산물이 많고 경치가 좋은 항주와 소주를 '지상의 천당'으로 꼽았다. '소주에서 태어나서 항주에서 생활을 하고 광주(广州) 가서 먹거리를 찾아 먹고 류주(柳州) 가서 마지막 죽음을 맞이하자'는 말도 있다고 한다. 풍요롭고, 놀기 좋고, 맛있는 음식을 잘하고 먹기 좋고, 관을 잘 만드는 곳을 각각 이름에서 전해지는 말이다.

소주는 이것 저것 좋은 말로 많이 포장되는데 가장 멋스러운 말은 "아침에도 좋고, 저녁에도 좋고, 비 오는 날에도 좋다"는 말인 것 같다. 안 좋은 날이 하나도 없는 곳, 삶의 만족도가 정말 높은 곳인 이 소주는 4천 년 전부터 고대 문화가 일어났으며, 춘추시대에는 월나라의 수도였고, 후에 남송의 수도가 된 역사 깊은 곳이라고 한다. 특히 원(元)나라 때 마르코 폴로가 이곳을 방문해, 자신의 고향 베니스와 매우 닮은 소주를 격찬하여 '동양의 베니스'라고 이름 지었다. 그러나 역사적인 전통과 배경을 바탕으로 표현한다면 베니스를 '서양의 소주'라 칭해야 한다고 말을 할 수도 있겠다.

소주를 다녀보면 시내 전체가 운하다. 소주는 총 길이 35킬로미터에 이르는 직사각형의 인공 운하로 둘러싸여 있다. 지금도 이 운하를 통해 물자가 운송되고 있고, 시내 곳곳에서 어렵지 않게 물이 교통과 생활의 주요 원천이 되고 있음을 볼 수 있다. 복개 되지 않은 큰 하수도를 연상케 하는 깨끗하지 않은 물과 이른 아침 작은 운하 한 켠을 다니는 나룻배 한 척을 볼 수 있는데, 사실 이 배는 운하를 다니는 낭만적인 배가 아니라 밤사이 더러워진 운하의 오물을 제거하는 청소배라고 한다. 그런데 사진에 찍히면 이색적인 도시 풍경을 장식하게 된다.

소주는 또한 수많은 문인과 예술가가 활동한 곳이기도 하단다. 정치에 실망하여 관직에서 물러난 문인들, 생활의 멋을 추구한 상인들이 소주에서 경쟁적으로 아름다운 정원들을 건축하고 꾸미고, 시, 서, 화로 대변되던 문인의 고급스러운 취미를 거주 공간 영역에 펼쳐 놓았다. 물의 도시, 정원의 도시'라고도 부르고, 4대 명원(名園)으로 꼽히는 창랑정[滄浪亭], 쓰쯔림[獅子林], 줘정원[拙政園], 류위안원[留園] 외에 한산사[寒山寺] 등 명승고적이 많은 곳이다. 다 둘러보지는 못했지만 이중에 한곳이라도 다녀보면 옛 중국 문인들의 예술 작품들이 조금 더 실감나게 이해 될 수 있을지도 모르겠다.

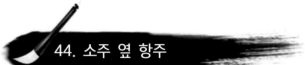

进入宇宙最可靠的方法就是通过森林荒野的路-约翰·缪尔

우주로 들어가는 가장 확실한 방법은 숲의 황야를 통한 길이다-존 뮤어

상하이에 거주하던 때에 항저우 여행을 해본적이 있다. 상하이에서 어렵지 않게 갈 수 있는 근교 이고, 다채로운 예술적 경험을 해 보고 싶은 마음에 2~3번 다녀온 적이 있다. 항저우는 중국 저장 성(浙江省)의 성도(省都)로서. '항(杭)'이라 약칭하기도 한다. 대운하(大運河)의 기점이며 3개 철도의 교차점이다. 수(隋)나라 때 항주(杭州)에 속했고 남송(南宋) 때에는 수도였다. 시모노세키 조약 이후 개항되었다. 항저우 지명의 뜻은 '배가 건너는 나루터'라는 의미이다.

항저우의 대표적 볼거리는 서호(西湖)로 이곳에서 장예모 감독의 인상서호(印象西湖) 공연이 펼쳐지는 곳이다. 이 서호는 빼어난 절영과 정취로 소통파나, 백거이 등 수많은 시인들이 사랑한 곳이기도 하며, 다수의 문학작품의 배경지로 등장하기도 한다.

항저우 먹거리로 대표적인 것은 롱징차(龙井茶)와 소통파가 즐겼다는 그 유명한 동파육(东坡肉)를 뽑을 수 있다. 청나라의 건륭제가 항저우 방문길에 서호를 유람하면서 롱징차(龙井茶)를 처음 맛 본 후 그 맛에 반해 즐겨 마시게 되었으며 그 일화로 바로 황제의 차로 등극하게 된다. 동파육(东坡肉)은 소동파가 항주자사 재임기간에 개발된 돼지고기로 중국 전역뿐 아니라 한국에서도 맛 볼 수 있는 세계적인 요리가 되었다. 중국 항저우(杭州)의 전통 요리로 큼직한 통삼겹살 덩어리를 통째로 향기 좋은 전통 명주, 소흥주에 넣어 삶은 후 간장 등으로 장시간 졸여서 만드는 음식이다. 도톰한 삼겹살을 새끼로 묶어 고정시킨 후 간장과 술을 넣고 삶은 후에 불을 줄이고 약한 불에서 육질이 부드러워질 때까지 익혀주면

부들부들한 동파육이 완성된다. 이는 송나라 때의 시인 소동파가 즐겨 먹었다는 이야기가 전해지면서 그의 호를 따 붙여진 이름이다. 개인적으로는 삼겹살 구이에 미치지 못하지만 항저우에 갔다면 필히 먹어봐야 할 음식중 하나다.

  동파육의 유래에 대해서는 다음과 같은 이야기가 전해진다. 소동파가 항저우 자사로 있을 때 양쯔 강의 범람으로 큰 물난리 위기에 처하였다. 이때 소동파가 병사들과 백성을 동원해 강가에 제방을 쌓아 도시를 구하게 되었다. 이후 소동파가 돼지고기를 좋아한다는 사실을 안 백성들이 고마움의 표시로 돼지고기를 보내자, 그는 혼자 먹지 않고 자신이 개발한 요리법으로 돼지고기를 요리해 백성과 나눠 먹었다. 그러자 소동파의 어진 마음에 감동한 백성들은 돼지고기 요리 이름에 그의 호를 붙인 동파육이라고 불렀다는 설이 전해진다.

  동파육의 동파, 소동파는 송나라 최고의 시인이며, 문장에 있어서도 당송팔대가(唐宋八大家)의 한 사람으로 평가된다고 한다. 22세 때 송나라 때 과거시험에서 진사에 급제하였고, 과거시험의 위원장이었던 구양수(歐陽修)에게 인정을 받아 그의 후원으로 문단에 등장하였다. 정치적 이유로 항주로 좌천된 이후 4년 동안 많은 시(詩)를 남겼다. 특히 항주의 서호(西湖)는 소동파의 문학적 감수성을 자극하는 좋은 장소가 되었다고 한다. 소동파는 천성이 자유인이었으며 일반 백성들을 살피고 가까이 했다. 그리고 기질적으로도 백성들의 삶을 피폐하게 만드는 신법을 싫어하였으며 그는 좌담(座談)을 잘하고 유머를 좋아하여 누구에게나 호감을 주었으므로 많은 문인들이 모여들었다. 대표작인 《적벽부(赤壁賦)》는 불후의 명작으로 널리 애창되고 있다.

  롱징차와 동파육 외에도 항주에는 전통적으로 면직 공업과 자수 공업이 발달하였다. 중국 최대의 관광 도시 중 하나인 항저우에 들려보면 소동파의 흔적과 천당의 느낌을 조금이나마 가까이 가져 보는 기회가 될 듯하다.

45. 만주와 동북3성

忘记挖土照顾土壤的方法就是忘记我们自己-马哈特马·甘地
땅을 파고 토양을 보살피는 법을 잊어버리는 것은 우리 자신을 잊어버리는 것이다-마하트마 간디

북한의 바로 위쪽 접경을 마주하고 있는 중국 성도가 바로 동북 3성이다. 랴오닝성, 지린성, 헤이룽장성 3개를 말하는데 중국의 동북 지방에 있다고해서 둥베이산성(东北三星)이라 불리운다. 역사적으로는 관동(關東)지방이라고도 불렀는데 관은 만리장성의 동쪽 끝 관문인 산하이관(천하제일관)의 관자에 해당한다. 산과 바다를 잇는 관문이라는 뜻의 산하이관은 예부터 동북지역에서 중원으로 들어가기 위한 관문이었으며 치열한 전투가 많았고 연암 박지원의 열하일기의 기행지역에 하나이기도 하다.

동북 3성의 랴오닝성 성도인 선양(심양)은 역사적으로 고조선, 고구려, 발해, 여진, 몽골 등의 지배를 거쳤다. 17세기에 누르하치는 금나라(호금)을 세우고 수도를 바로 랴오닝성의 성도인 선양으로 정하였고, 이후에 금나라를 청으로 국호를 바꾸게 된다. 1929년 만주 군벌 장쉐량이 국민당 정부를 지지하면서 '영원히 안녕하다'라는 의미로 랴오닝이라 부른 것에서 성의 이름이 유래되었다고 한다. 많은 광물자원이 풍부한 탓에 일본의 야욕이 이곳까지 뻗게 되었으며 1932년에는 만주국을 세워 대리 통치하기도 했다. 그래서 선양지역을 돌아보면 베이징 고궁과 더불어 현존하는 가장 완벽한 모습의 황궁 선양고궁 등 청나라 새대 궁과 일제 만주국의 흔적들이 곳곳이 남겨져 있다. 연길에서 고속철로 4시간 반 거리나 되지만 이곳 사람들은 아주 가깝게 자주 왕래를 하고 있다.

길림성(吉林省)은 송화강이 가로 지르고 있으며 주 성도는 장춘이다. 장춘은 과거 만주국의 수도였으며 만주국은 일본이 청나라 마지막 황제였던 푸이를 내세워 세운 괴뢰국에 해당한다. 일본이 푸이를 이용해 동북 지역을 14년간 식민통치하게 되었는데, 푸이는 세 살 때 청나라 12황제가 되었다가 1911년 신해혁명이 일어나서 이름에 폐위되었고 1934년 일본의 도움으로 다시 만주국의 황제가 되었으나, 1945년 일본의 패망으로 전범으로 몰려 과거 구 소련에 체포되었고 1950년에 다시 중국으로 송환되었다가 특별사면으로 풀려 난 뒤 베이징 식물원에서 정원사로 일했다. 이를 바탕으로 만들어진 영화가 바로 마지막 황제다.

길림에는 대표적으로 연변조선족 자치주가 있는데 연변조선족 자치주는 중국 최대의 조선족이 모여 있는 곳이다. 이 지역은 예부터 부여, 고구려, 발해의 영토였고, 조선 말기부터 조선인이 두만강과 압록강을 건너 이주하여 이곳에 개척하면서 북간도라 불렀다. 1860년대에는 함경도 지방에 극심한 흉년이 들어 굶주림을 피해 이주한 사람이 많아졌고, 일제 강점기 이후에도 강제 이민 정책에 따라 옮겨간 사람, 독립운동하기 위해 옮겨온 사람들도 많았다. 그래서 일제 강점기 독립 유적지등이 많은데 청산리 항일 전승지, 봉오동 전투 지역, 일송정 등 유적지가 조선족 자치주에 많이 있다. 하지만 그것도 관리가 제대로 이루어지지 않고 있고, 관리를 하더라도 통제가 심해 마음껏 항일 유적지 방문하는 일도 어렵고 진입할 때 마다 이것 저것 까다롭게 제재를 받고 있다.

얼음과 눈의 도시, 헤이룽장성(黑龙江省)은 강물이 검고 구불구불한 강 모양이 용과 같아서 흑룡강(黑龙江)이라 불렀다고 한다. 성도인 하얼빈은 동북부 지역 최대 중심도시로 우리에게는 안중근 의사의 의거지로 기억되지만 중국인들에게는 눈과 얼음이 아름다운 곳으로 얼음의 도시, 빙등제의 도시로 기억하고 있다. 엄청난 규모의 조명에 비추어지는 예술 조각품들이 사람들을 호객하고 있지만 최근 코로나의 여파로 그 수가 많이 줄고 있는 실정이라고 한다.

동북공정(東北工程)은 '동북 변방의 역사와 현재 상황 계열의 연구 사업'이라는 뜻이다. 중국이 동북부 만주 지역의 역사를 연구하기 위해 국가사업으로 추진한 연구 계획을 가리키지만 이러한 연구 계획 속에 자국 역사뿐 아니라 우리나라 역사적 사실이 점점 왜곡 되어 가지는 이때에 동북3성에 대한 국가차원의 본질적 관심과 적극적인 이해가 더욱 필요한 때가 아닌가 싶다.

46. 윈난성 여행

不要忘记，土地会为你赤脚而高兴，风会为你地头发而嬉戏-卡丽尔·吉布兰

땅은 당신 맨발이 닿는 것을 기뻐하고, 바람은 당신의 머리카락을 가지고 놀기를 원한다는 것을 잊지 말라-칼릴 지브란

중국 봄의 도시, 쿤밍. 쿤밍이 있는 성도는 운남성이다. 약칭하여 '뎬[滇]' 또는 '윈[云]'이라고 하며, 성도(省都)는 쿤밍[昆明]이다. 남서쪽 변경에 있으며, 미얀마·라오스·베트남과 인접하여 있다. 국경선은 미얀마와 라오스, 베트남과 맞닿아 있어 변경무역에 유리한 지리적 이점이 있다. 중국 전역에 있는 소수민족이 가장 많이 거주하는 지역 중에 하나로, 현재 한족을 제외한 25개의 소수민족이 살고 있으며 인구 100만명 이상인 소수민족으로는 이족, 바이족, 하니족, 다이족, 좡족 등이 있다고 한다.

운남성을 말할 때 대표적인 것은 차마고도(茶马古道)다. 차마고도(茶马古道)는 차와 말을 주요 교환 품목으로 취급했던 옛 교역로를 말한다. 차마고도(茶马古道)의 역사는 당나라와 송나라 시대로 거슬러 올라가는데 고산지역에 사는 티벳인들은 고기를 주식으로 했지만 채소 섭취가 어려워서 과도한 지방을 인체 내에서 분해할 수가 없었다고 한다. 차는 채소에 비해 장기간 보존이 가능하고 지방을 분해한다는 장점도 있지만 티벳 지역에서는 차를 생산하지 못했기에 내륙지방에서는 말의 공급이 부족한 상황이 있어, 서로의 필요에 따라 차와 말의 교역이 생겨나기 시작 했으며 차마고도(茶马古道)에서 물물교역을 하던 상인인 마방들이 목숨을 걸고 해발 4000~5000미터를 넘나드는 길을 거처 윈난에서 생산되는 푸얼차(puercha보이차) 소금, 일용품과 티벳 지역의 말, 모피, 약재등을 교환하는 무역을 하기 시작했다. 이렇게 오가며 차마고도(茶马古道)에는 사람들과 말이 쉬어가는 기지가 생겨나게 되었는데 따리, 리장, 샹그릴라 같은 지역이 바로 그런 기지의 하나고 이곳들이 오늘날 윈난성의 주요 여행지에 해당한다.

　　윈난성에 가면 무수한 석림과 고성들을 많이 볼 수 있는데 특히 압권은 옥룡설산에서 펼쳐지는 인상리장(印象丽江) 공연이라고 생각된다. 옥룡설산은 리장 고성에서 15km 떨어져 있다. 해발 5596m로 1년 내내 눈이 덮여 있으며, 중국 국가 5A급 명승지이자 윈난성급 휴양지 및 자연보호구역이기도 하다. 옥룡설산 내에는 운삼평, 모우평, 백수하, 람월곡, 감해자, 빙천공원 등의 명소가 있고, 리장을 대표하는 공연인 인상리장(印象丽江) 관람도 가능한 곳이다. 말과 매, 그리고 수많은 사람들이 함께 하는 고산지대 비탈을 이용한 대규모 스케일의 공연은 평생도록 기억에 남을 것 같다.

47. 내몽고 초원속으로

这朵爱情的花朵在夏天的风中膨胀，下次见面的时候会开得很美。-威廉·莎士比亚

이 사랑의 꽃봉오리는 여름날 바람에 마냥 부풀었다가, 다음 만날 때엔 예쁘게 꽃필 거예요.-윌리엄 셰익스피어

살다보면 그런 거지 우후 말은 되지 / 두들의 잘못인가 난 모두를 알고 있지 닥쳐
노래하면 잊혀 지나 사랑하면 사랑받나 / 돈 많으면 성공하나 차 있으면 빨리 가지 닥쳐
~중략~ 말 달리자 말 달리자 말 달리자 말 달리자

크라잉넛의 '말 달리자'라는 노래에 어울리는 곳이 바로 내몽고 초원이다. 유목민의 땅, 말을 타고 초원을 달리는 장면의 주요 배경이 되는 곳, 내몽고는 중국에서 첫 번째 소수민족 자치구로 지정되었다. 약칭하여 네이멍구[内蒙古]라고도 부르며, 자치구의 수도는 후허하오터[呼和浩特]이다. 가로로 길쭉하게 뻗어 있어서 북쪽으로는 몽골[蒙古]·러시아와 인접하여 있다. 국경선이 4,220㎞에 이르는데, 이 가운데 몽골과 접경선이 3,192㎞, 러시아와 접경선은 약 1,000㎞이다.

한(汉) 나라 때는 흉노(匈奴)의 땅이었으며, 송(宋) 나라 때는 서하(西夏)·요(辽)·금(金)이 있었다. 청(淸) 나라에 들어와 네이멍구 지역으로 지정되었고, 1947년 5월 1일 중국 최초의 성(省) 급 민족 자치구로서 네이멍구자치구가 설치되었다. 소수민족의 비중은 자치구 전체 인구의 약 20%이며, 몽골족은 약 400만 명에 이른다.

노래로도 익숙한 역사적 인물로는 탁월한 전략가이자 정치가였던 칭기즈칸[成吉思汗]이 있다. 몽골족의 특성은 열정적이고 손님을 좋아하며, 복장은 도포에 장화를 신고 허리띠를 즐겨 찬다. 유목민으로 쇠고기와 양고기를 즐겨 먹으며, 쉽게 이동이 가능하도록 간편한 천막 모양의 이동식 주택 게르에서 산다. 고대 몽골족은 샤머니즘을 신봉하였으나, 원(元) 나라 이후에는 라마교로부터 많은 영향을 받았다. 해마다 7~8월에 자치구 각지에서 민속놀이로 나다무[那達慕] 대회를 열어

물품을 서로 서로 교환하고 기마·사격·몽골씨름 경기 등, 다양한 행사들을 거행한다.

내몽고 초원에서 별을 보기 위해 여행을 간적이 있었는데, 휘향 찬란한 보름달 때문에 별 한점 보지 못하고 돌아온 기억이 있다. 그러나 평소에는 대기오염이 심각하지 않은 터라 별들을 쉽게 볼 수 있다고 한다. 별 외에도 넓고 풍요로운 초원과 상업화 되지 않은 자연경관 덕에 관광산업이 발달하고 있다. 그래도 나름 여러 가지 관광 아이템들을 개발하여 소개하고 있고, 대표적인 것은 초원과 사막에서 말과 낙타타기, 몽골족 전통가옥인 게르에서 하룻밤 묵으며 몽골족 체험하기, 호수 낚시, 레저와 결합한 다양한 관광산업을 개발하고 있다.

몽골족의 전통가옥인 파오는 지붕 가운데에 둥근 창을 두어 통풍과 채광이 용이하도록 하였으며 파오 가운데에는 화덕을 두어 보온 할 수 있도록 하였다. 몽골인은 유목생활에서 얻을 수 있는 유제품과 육류를 위주로 식사하고 곡류는 보조역할을 한다. 유제품에는 치즈류의 음식, 밀크티, 요구르트, 말 젖을 발효시킨 술인 마유주등의 음료가 있으며 관광 체험 시 몽골포안에서 유제품을 시식하는 경우가 많다. 물이 귀해서 그런지 그런 체험코스에서 음료한잔 먹고 다시 걸레 같은 천으로 컵을 닦은 후 다시 다른 사람에게 음료를 전하는 모습을 보면서 경악을 금지 못했던 기억이 있다.

푸른 초원, '말 달리자'를 노래 부를 수 있는 내몽고 초원, 별들과 함께 감상해 봐도 멋질 일이다.

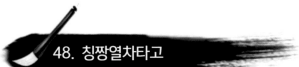
48. 칭짱열차타고

真正的旅行不是寻找新的风景，而是拥有新的眼睛。-马塞尔·普鲁斯特
참된 여행은 새로운 풍경을 찾는 게 아니라 새로운 눈을 갖는 것이다.-마르셀 프루스트

중국에서 여행하기 가장 까다로운 지역 중을 꼽으라면 티벳과 신장위구르 지역이다. 아직도 소수 민족 분쟁의 불씨가 여전히 남아있고, 한족 동화 정책이 쉽게 이루어지지 않고 있어 보인다. 신장지역은 아직도 길거리에 무장한 군인들이 마트나 각종 공공장소를 지키고 있고 티벳은 외국인이 여행 방문을 하기 위해서는 까다로운 여행허가서를 사전에 반드시 취득해야 하며, 개인행동 금지, 여행사를 통한 입경, 전용차량을 위한 관광만이 허가가 되고 있다.

티벳, 일명 시짱 자치구와 칭하이성이 고원지대로 연결된 동일 문화권이며 서부 경제발전 계획의 일환으로 칭짱열차(두곳의 고원지대를 연결한 열차)를 건설하여 운영하고 있다. 티벳열차의 시작이 되는 칭짱열차는 1984년 칭하이성 시닝에서 티베트 라싸까지 1,142km 구간이 개통되면서 모든 노선이 완공되었다. 특히 2001년부터 건설이 시작된 거얼무-라싸 노선은 평균 해발고도가 4,500m이며, 가장 높은 곳의 해발고도가 5,072m로 페루철도의 4,817m보다 255m가 높아 세계에서 가장 높은 지역에 놓인 철도가 되었다. 한마디로 비행기처럼 구름위에 기차 여행을 하는 것과 마찬가지다. 칭짱철도 건설은 중국이 4대 프로젝트라고 부르는 국가사업 가운데 하나였으며 칭짱고원(티베트고원)을 가로지른다고 하여 중국의 공식 이름은 칭짱선(靑藏線)이며, 티엔루(天路;하늘길)라고도 한다. 다른 나라의 언론에서는 라싸 익스프레스라고 부른다.

이 구간을 오가는 열차는 승객들의 고산병을 막기 위한 산소 보급장치와 자외선방지기능이 있는 유리창, 벼락방지장치 등을 갖추고 디지털관제장치로 제어된다. 칭짱 철도가 개통된 뒤 많은 관광객들이 열차를 이용하여 라싸를 찾았다. 하지만 중국의 신문기사에 의하면 칭짱철도를 타고 티베트를 찾은 관광객들 가운데 다수가 고산 증으로 숨지기도 했다고 한다.

티벳 여행의 꽃, 여행객의 필수 입경 교통수단인 칭짱열차를 타고 티벳으로 들어가 보았다. 사실 역사적 티벳은 현재의 시짱뿐 아니라 간쑤성 남부, 칭하이성 서부, 신장웨이우얼자치구 남부 일부, 쓰촨성 서부, 윈난성 서북부까지 포함하는 지역이라고 하고, 이렇게 따지고 보면 티벳은 중국 전체 면적의 4분에 1에 해당한다.

1959년 중앙 정부의 정책에 불만을 품고 일어난 폭동이 강제 진압이 되는데 이때 티벳의 지도자 14대 달라이라마(영적인 스승이라는 뜻)는 인도로 망명하여 망명정부를 세우게 된다. 중국정부는 지금도 그렇듯이 일괄, 한꺼번에 열고 닫고를 아주 잘하는데 문화 대혁명기간에 모든 종교 활동을 금지하고 한족을 티벳으로 대거 이주시키고 동화 정책을 사용하려 했다. 티벳어 사용금지, 티벳인에 대한 차별 정책을 실시하려 하여 많은 저항감에 부딪치게 된다. 12만명이나 되는 티벳인이 이 기간 동안 학살되자 달라이라마는 인도로 망명하고 비폭력 노선을 견지하면서 티벳 독립을 외친 공로로 1989년에는 노벨 평화상을 받게 되지만 아직도 티벳은 중국에 속한 소수민족 자치구다.

티벳의 대표적인 궁인 포탈라 궁에는 역대 달라이라마와 그들의 스승을 기리고 있다. 외관으로 보면 참으로 멋지고 근사하다는 생각이 들지만 건강적으로는 고산지대라 머리가 매우 아프고 속은 계속 미식거리는 불편한 몸상태가 지속된다. 라싸와 시가체, 그리고 수많은 야크들. 티벳인들은 전통적으로 장례에 대해 이야기를 들었는데 가족 중 누군가 사망하게 되면 그들의 영혼이 하늘로 잘 올라 갈 수 있도록 신성한 산벽에 사다리를 그려 넣고 하늘나라로 잘 올라갈 수 있도록 도와준다고 한다. 차를 타고 지나가다 보면 수많은 사다리 그림들을 볼 수 있다. 나라면 힘들게 사다리 타고 가지 않고 비행기나 로켓트 타고 갈수 있도록 그림 그려줄 것 같다. 3,4칸 짜리 사다리에서 티벳인의 순수함과 소박함이 동시에 느껴진다.

49. 두더지, 막고굴

沙漠之所以美丽，是因为某个地方隐藏着泉水-圣伊特鼠莓
사막이 아름다운 것은 어딘가에 샘이 숨겨져 있기 때문이다 – 생떽쥐베리

간쑤성 여름 특집, 방학을 맞이하여 중국 서북부 쪽으로 여행을 한 적이 있다. 사막의 풍경과 만리장성의 서쪽 첫 시작인 가욕관을 가보기 위해 간쑤성을 여행해 기획했다. 간쑤성은 약칭하여 '간[甘]' 또는 '룽[陇]'이라고도 부르며, 성도(省都)는 란저우[兰州]이다. 보통 란주 라면은 들어 봄직 했을텐데 란주가 간쑤성의 주 수도헤 해당한다. 중국의 서북 지역에 있으며, 북서쪽으로 몽골[蒙古]과 맞닿아 있다.

간쑤성은 과거 대륙의 긴 복도라 불리 우는 허시조랑(虚侍鸟郎)을 통해 동서의 문화 교통중심역을 했다고 한다. 간쑤라는 명칭은 서하가 이 지역을 통치할 때 간저우와 쑤저우의 첫 글짜를 따서 간쑤 군사를 설치하면서부터 사용되었다고 한다. 간쑤성에는 첫 년에 걸쳐 만들어진 둔황의 막고굴, 장예의 마제자 석굴, 융 징의 병령사 석굴, 텐수이에 맥적산 석굴, 창양의 베이 석굴들이 있어 다양한 석굴 예술의 본거지라 불리기도 한다.

간쑤성의 대표 여행지인 둔황에는 사막 투어 프로그램이 있는데 바로 명사산 투어다. 시내에서 10여분 정도 밖에 떨어져 있지 않아 접근성이 매우 좋다. 명사 산은 둔황시에서 남쪽 방향으로 5㎞정도 떨어진 곳에 위치한 모래와 암반을 이루어진 사막 산이다. 그 면적은 약 800㎢정도, '명사(鳴砂)'는 산 언덕의 모래들이 바람에 굴러다니면서 나는 소리가 마치 울음소리 같다는 데에서 지어진 이름이다. 지금 명사산은 실크로드 관광 명소 가운데 한 곳으로 관광객들은 모래 썰매를 즐겨 타며 산 정상에서 월야천(月夜川)을 바라보는 정경이 대단히 아름답다.

　막고굴(莫高窟)은 천불동(千佛洞)이라고도 불리며 중국 4대 석굴의 하나이며 가장 뛰어난 석굴로 평가받고 있으며 엄청난 규모와 경탄을 자아내는 종교예술품으로 중국고대의 정치, 경제, 문화, 군사, 교통, 지리, 종교, 사회생활, 민족관계 등의 연구에 귀중한 자료를 제공하고 있다. 16국 시대부터 4세기 중반부터 13세기에 걸쳐 만들어진 것으로 파악되고 있으며 당 시기에 건립된 석굴이 이미 천개를 넘어 천불동(千佛洞)이라고 불렸다. 막고굴은 1,100여 년의 세월 동안 자연과 사람들에 의한 파괴에도 불구하고 지금까지 벌집처럼 겹쳐져 1,600여m에 달하는 492개의 석굴과 조각과 벽화가 즐비하여 45,000㎡에 달하는 벽화와 불상 및 소조상 2,400여 점이 남아 있어 세계적으로도 규모가 가장 크고 보존상태가 좋은 불교 예술의 보고이며 그 자체가 하나의 거대한 미술관이나 다름없다.

　사막이 건조하여 이러한 유물들은 매우 완전한 상태로 보전되어 있었던 것이었다. 이후 영국, 프랑스, 러시아, 일본 등으로부터의 탐사단이 이곳을 발굴하였고 많은 유물들이 이들 국가의 박물관으로 흘러 들어가게 되어 막고굴(莫高窟)의 진귀한 유물은 전 세계로 흩어지게 되며 둔황의 휘황찬란한 조형예술작품은 국내외에 소개되며 학술과 예술계를 진동시키고 연구가 시작되어 둔황학(敦煌学)이라는 학문으로 까지 발전하게 되었다.

　돌 조각에 관심이 많거나 사막 체험을 원하는 사람들에게는 적극적으로 추천하는 여행 코스다.

50. 딤섬과 얌차

超前的秘密就是开始。
开始的方法的秘密是分成复杂繁重的小工作,从第一个工作开始。 -马克·吐温

앞서 가는 방법의 비밀은 시작하는 것이다.
시작하는 방법의 비밀은 복잡하고 과중한 작업을 할 수 있는 작은 업무로 나누어, 그 첫 번째 업무부터 시작하는 것이다.-마크 트웨인

지역에 따라 해가 일찍 뜨는 곳에서는 아침에 일찍 가족이나 친지끼리 차관(茶罐)이나 차루(茶楼)에 모여 따뜻한 차와 두세 종류의 간단한 음식을 먹는 모습을 볼 수 있다. 이러한 아침 식사를 짜오차(早茶)라 하여 아침에 차를 마신다는 뜻이다. 때때로 이러한 아침 식시 후에도 계속에서 낮 시간을 차관(茶罐)이나 차루(茶楼)에서 보내는 경우도 있는데 낮이 긴 광동 지방 스타일에 이러한 차문화속에 딤섬과 얌차 문화가 생겨났다. 딤섬은 차관에서 먹는 음식, 얌차는 그러한 음식을 먹는 행위를 말한다.

요새 호텔뷔페에 가면 딤섬요리를 많이 볼 수 있는데 딤섬은 정식 요리가 아니라 출출할 때 간단하게 요기할 정도의 기본 음식이라고 한다. 딤섬은 어떤 장군이 전쟁에서 공을 세운 병사들에게 상을 주는 의미에서 민간에서 가장 맛있다는 이름난 떡과 간식을 보내면서 유래하였다고 한다. 마음 한점 밖에 안 되는 아주 작은 성의라고 했다고 한다. 그 뒤 딤섬은 간단하지만 맛있는 먹거리를 지칭하는 의미로 사용하게 됐다.

얌차는 차를 마신다는 글자의 뜻이지만 단순히 차를 마시는 행위만을 의미하지는 않는다. 얌차는 탄차라고도 하는데 이는 차의 맛을 오래도록 음미하며 즐긴다라는 뜻이 있다. 긴 낮시간 동안 향기로운 차를 향유하며 서로 이야기를 나누는 광동지역의 음식 문화는 광둥 사람들의 사회 활동이기도 한다.

한문으로 쓰면 점심(点心)으로 원래 '마음에 점을 찍는다'는 뜻이지만 간단한 음

식이라는 의미로 쓰이고. 3,000년 전부터 중국 남부의 광둥 지방을 중심으로 이루어진 문화다. 중국에서는 코스 요리의 중간 식사로 먹고 홍콩에서는 전채음식, 한국에서는 후식으로 먹는다. 기름진 음식이기 때문에 차와 함께 먹는 것이 좋으며 담백한 것부터 먼저 먹고 단맛이 나는 것을 마지막으로 먹는다.

  딤섬은 그 종류가 헤아릴 수 없이 많기 때문이다. 단팥이 듬뿍 든 찐빵도 있으며 담백한 어묵, 작은 만두, 떡, 꽃모양의 새우살, 국수말이 등등 이 모든 것을 딤섬이라고 하며 모두 다양한 크기, 다양한 재료와 맛을 가진다. 딤섬은 보통 대나무로 만든 둥근 찜통에 딤섬을 몇 개 넣어 증기로 익혀낸다.

  딤섬 전문식당에 가면 카트에 다양한 딤섬이 담긴 대나무 통을 담아서 수시로 왔다 갔다 하는 종업원이 있을 때도 있다. 이를 보면 그냥 마음에 드는 딤섬 접시를 골라서 식탁에 놓고 먹으면 된다. 생각보다 비싼 음식이지만 역시 우리나라에서보다는 값이 싸며 무엇보다 종류가 훨씬 다양하기 때문에 충분히 먹어볼 만하다. 우리나라에서는 고급 중국식당이나 동남아 음식점에서도 화교들 덕으로 딤섬와 얌차 문화를 만날 수 있다.

51. 중국인의 훠궈사랑

想吃什么就吃什么不是那么有趣。　　人生没有界限，快乐也就少了。
想吃什么就吃什么，想吃什么有什么意思 -汤姆·汉克斯
먹고 싶은것을 다 먹는 것은 그렇게 재미있지 않다. 인생을 경계선 없이 살면 기쁨이 덜하다.
먹고싶은대로 다 먹을 수 있다면 먹고싶은 것을 먹는데 무슨 재미가 있겠나 – 톰행크스

훠궈(火锅)는 한마디로 중국식 샤브샤브다. 중국 사람들의 훠궈(火锅)사랑은 매우 뜨겁고, 강렬하다. 중국 음식 맛보려고 훠궈(火锅) 음식점에 가보면 늘 인산인해에다 식당 자체가 대규모인 경우가 많다. 1,2,3은 기본 넓기도 매우 넓다. 훠궈(火锅)는 쓰촨 훠궈(火锅)또는 충칭 훠궈(火锅)가 대표적인데 중국 전역에서 사랑을 받고 있는 중국 대표 음식이다.

보통 홍탕이라 부르는 북은 색의 매운 소스를 넣은 탕과 청탕이라 부르는 맵지 않는 탕에 여러 가지 재료를 익혀먹는 위안양(yuanyang)훠궈(火锅)는 태극 모양 같은 냄비에 홍탕과 백탕을 따로 담아 취향에 따라 음식을 익혀 먹게 만드는 훠궈(火锅)다 양념반, 후라이드반처럼 탕을 나눠 먹는 식이다.

끓는 육수에 육류, 해산물 또는 채소나 버섯류 등을 기호에 따라 즉석에서 담가 익혀 먹는데, 육수는 기호에 따라 담백하게 백탕, 또는 맵게(홍탕) 선택해서 먹을 수 있으며 육류 또한 양고기, 소고기, 돼지고기 등 다양하게 선택이 가능하다.

중국에서 사람들이 본격적으로 훠궈(火锅)를 먹기 시작한 시기는 전국시대로 알려져 있다. 이때는 고품질 도자기 그릇에 훠궈(火锅)를 먹었다고 전해지며, 송나라 때 들어서는 훠궈(火锅)가 더욱 보편화되었다. 이어 남송시기 요리책인 《산가청공(山家清供)》의 기록에 따르면 이때에도 훠궈(火锅)를 먹었다는 소개가 나와있으며, 원나라 때는 훠궈(火锅)가 몽고지역까지 유행했다고 한다. 청나라 때는 일반 대중을 넘어 황실에서 까지도 사랑받는 요리였다고 전해진다.

　훠궈(火锅)는 중국에서 식당에서뿐 아니라 가정에서도 쉽게 즐겨먹는 음식으로 인식되어 있다. 시중에서 육수와 향신료를 쉽게 구할 수 있기 때문에, 신선한 육류, 채소 등만 준비해서 복잡한 조리과정 없이 훠궈(火锅)를 만들어 먹을 수 있기 때문이다.

　육수를 선택한 다음에는, 육수가 끓으면 담궈 먹을 수 있는 주재료를 준비하는데 육류는 양고기, 소고기가 대표적이며 해산물류로는 가리비, 새우 등을 많이 넣어 먹는다. 또한 위완(鱼丸)이라고 부르는 구슬 모양으로 빚어 만든 어묵도 즐겨먹는다. 야채류는 청경채, 숙주, 양배추, 고구마 등 다양하게 선택이 가능하며 당면이나 국수 또한 많은 사람들이 즐겨 찾는 재료이다.

　육수가 팔팔 끓기 시작하면 준비한 주재료를 기호에 따라 담가서 익혀 먹는데, 중국에서는 흔히 육류, 해산물류를 먼저 먹고 야채류를 익혀 먹는 것이 보편적인 방법이다.

　재료가 익으면 기호에 따라 맵거나, 고소하거나 달고 짭잘한 소스에 찍어먹는데, 쯔마장(芝麻酱)이라고 부르는 참깨와 땅콩을 섞어 만든 소스에 굴소스, 다진 마늘을 넣어서 먹기도 하고 매운맛을 강조하고 싶으면 쯔마장에 고추기름이나 중국식 고추장 등을 섞어서 먹기도 한다. 소스는 정해진 규칙이 없으며 기호에 따라 섞어서 만들어 먹는다.

　훠궈(火锅)를 먹는 과정에서 육수를 계속 끓이기 때문에 국물이 짜질 수 있으므로 중간중간 육수를 추가해서 먹는다. 또한 중국에서는 훠궈(火锅)를 먹을 때 차를 함께 마시는데 이는　느끼함이나 매운맛을 정화하면서 다양한 재료의 맛을 느끼기 위함이다.

　대표적인 매운 음식하면 쓰촨지역을 떠올리는데 쓰촨외에 지역인 후난과 구이저우에서도 매운 음식을 즐긴다. 이들 지역은 산악 고원지형에 강수량과 습도가 높아 여름에는 무덥고 겨울에는 춥기 때문에 예부터 매운 음식을 먹어 몸 안에 쌓인 습기를 배출하려고 하였다. 매운 음식에 관한 재미있는 이야기가 있는데 후난 사람은 매운 것을 두려워하지 않고, 구이저우 사람은 매운것도 두려워하지 않는다고 한다. 그런데 쓰촨 사람은 맵지 않을까 두려워한다라는 말이 있다. 매운 것을 맞서는 용감함보다 매운 것을 즐기는 취향이 더욱 강력하고 대담하다. 음식에 대한 예의는 용감함보다 사랑일 듯 싶다.

52. 오랑캐 머리, 만두

不要半途而废。 不要犹豫。 直到取得最后的成功。 – 亨利·福特
도중에 포기하지 말라. 망설이지 말라. 최후의 성공을 거둘 때까지 밀고 나가자. – 헨리
포드

조금 무서운 말이겠지만 만두(饅头)라는 단어의 어원이 오랑캐의 머리에서 유래되었다고 전해진다. 한국 사람들도 좋아하지만 특히 중국인들의 만두 사랑도 남다르다. 만두는 밀가루나 메밀가루 반죽으로 껍질을 만들어 고기·두부·김치 등으로 버무린 소를 넣고 찌거나 튀긴 음식인데, 중국에서는 소를 넣지 않고 찐 떡을 만두라고 부르며 소를 넣은 것은 교자(餃子) 혹은 포자(包子)라고 부른다. 하지만 우리나라는 소를 넣은 것만을 만두라고 부른다.

만두는 제갈량(諸葛亮)의 남만 정벌에 관한 고사에서 유래되었다고 한다. 제갈량이 남만을 정벌하고 돌아오는 길에 심한 풍랑을 만나자 종자(從者)가 사람 머리 49개를 물의 신에게 바치고 제사를 지내야 한다고 진언했다. 차마 제갈량은 살인을 할 수는 없으니 밀가루로 만인의 머리 모양을 빚어 제사를 지내라는 꾀를 내었고 이대로 했더니 풍랑이 가라앉았다고 한다. 즉 이것이 만두의 시초라는 것이라고 전해지는데 그 물 속에 던져진 만두는 물고기들의 밥이 되었을 터이다.

중국에는 만두 종류가 다양한데, 대표적인 것이 바로 샤오롱바오다. 이외에도 길쭉한 만두가 있고, 광둥 지역의 딤섬으로 꽃만두라고 불리는 샤오마이도 있다. 중국에서의 만터우(饅头)라고 부르는 것은 우리가 흔히 생각하는 만두가 아니라 속에 소가 들어가지 않는 찐빵을 말하니 착각하지 말아야 할 것이다.

한국에서는 조선 영조 때의 사람 이익(李瀷)의 글에 만두 이야기가 나오는 것으로 보아 조선 중기 이전에 중국에서 들어온 것으로 보인다고 한다. 한국에서는 만두가 상용식이 아니고 겨울, 특히 정초에 먹는 특별식이 었으며, 경사스러운 잔치에는 특히 고기를 많이 넣은 고기만두를 만들어 먹었고, 지금도 각종 식품회사에서 다양한 형태의 만두를 만들어 팔고 있다.

또 지금은 사라진 풍속이지만, 예전에는 큰 잔치에서 끝을 장식하는 특별음식으로 대만두(大饅頭)를 만들기도 하였는데, 이것은 호두알만한 작은 만두를 큰 만두 속에 가득 집어넣어 만든 것으로, 이 대만두의 껍질을 자르고 그 속에서 작은 만두를 하나씩 꺼내 먹었다. 그러나 근래에는 절식 으로서뿐만 아니라 평상시에도 손쉽게 만둣국을 끓여 먹으며, 흰떡을 섞어서 끓이는 경우도 많다.

한국 속담에 '떡 먹자는 송편이요, 소 먹자는 만두'라는 말이 있다. 만두는 껍질이 얇고 소가 많이 들어가야 맛이 있는데 중국에서 주로 만두(바오즈 종류)를 먹어보면 대부분 껍질이 두꺼워 약간 거북하거나 배부른 느낌이 든다.
요즘은 육류로 쇠고기와 돼지고기를 반반씩 섞어 쓰고, 숙주 대신 당면을 쓰는 경우도 있다. 만두국물은 육수, 쇠고기 맑은장국, 멸치장국, 다시마장국 등 어느 것을 써도 무방하다.

김이 솔솔 나는 찐 만두, 기름진 튀긴 만두, 다양한 소를 선택해서 이것 저것 종류 별로 만두를 먹어 볼 때 오랑캐의 머리를 생각해 보면 조금 오싹해 지는 느낌이 들것이다. 맛있으면 뭣이 문제가 되겠는가? 즐기는 쪽으로.

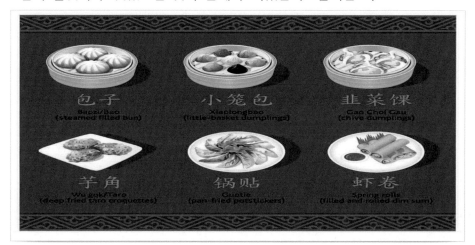

53. 술술 넘어가는 술

중국에서 필요한 것을 말할 때 바로 떠오르는 단어가 바로 관시다. 사람들과의 관계, 인맥, 혈연, 지연, 학연 등의 다양한 관계가 막강한 비즈니스의 힘을 발휘하기도 하는데 관계 문화, 관시를 맺을 때 빠지지 않는 것 중에 하나가 바로 술이다.

그러면 중국 사람들은 언제부터 술을 마셨을까? 두캉주(杜康酒)의 주인공인 두캉이 술을 처음 빚었다는 전설로 미루어 보아, 적어도 4,200여 년의 역사를 거슬러 올라갈 수 있겠다. 이처럼 오랜 역사를 지닌 만큼 술의 종류도 매우 다양하다. 중국을 여행하는 애주가들은 기차가 서는 곳마다 내려서 그 지역의 술을 맛 본 다고 하니, 지역별 다양함을 미루어 짐작할 수 있을 것이다.

중국의 전통술은 크게 백주(白酒)와 황주(黃酒)로 나눌 수 있다. 백주는 우리의 소주처럼 가열하여 증류시킨 술로서, 그 색이 하얀색, 즉 무색이어서 붙여진 이름이다. 우리가 중국집에서 마시던 빼갈 즉 바이갈(白干兒)이 바로 백주의 일종으로서, 수수 즉 고량(高粱)으로 만들었다 하여 고오량주라고도 한다. 백주는 알코올도수가 40도~80도 정도로 매우 독하며, 마오타이주(茅台酒)와 펀주(汾酒)가 유명하다. 마오타이주는 구이저우성(貴州省)의 마오타이전(茅台鎭)에서 생산되며, 생산에만 약 5년이 걸린다는 최고급 술중에 하나다. 고급음식점에 가면 마오타오맛 보고 싶은 분들도 꽤 있을정도로 중국 술의 자존심을 지키고 있다. 그래서 중국인들은 마오타오주를 국가 대표급 술, 세계적인 명주라고 생각한다. 미국의 닉슨 대통령도 또한 그 맛에 반했고, 김일성이 응접실에 비치했다고 해서 우리의 귀에

도 낯설지 않은 술이다.

 중국인과 술을 마실 경우에는 먼저 오늘 마실 술을 각자의 큰 잔에 따르고 각자에게 배당된 큰 잔 술로 자기 앞에 놓인 작은 잔에 스스로 채운다. 그 자리에서 제일 높은 지위의 사람이나 초대자가 술자리의 취지를 설명 한 뒤 간베이(ganbei)를 외치면 모두 다 자기 술잔을 들고 간베이를 외치고 술잔을 비우게 된다. 개인적으로 감사를 표 할 때는 자신의 작은 술잔에 술을 채우고 특정인을 언급 한 뒤 감사 인사를 한 후 두손 으로 공손히 술잔을 받치고 '워징닌이베이(我敬您一杯), 한잔으로 공경을 표합니다'라고 이야기 한 후 공손한 태도로 원샷을 한 다음 빈 잔을 보여주고 가볍게 목례 한 뒤 자기 자리에 착석하면 된다.

 중국식으로 술을 마시는 경우에는 상대방 잔에 술을 채워주기도 하지만 일반적으로 자신의 빈 잔에 자기가 직접 부어 마신다. 그리고 고개를 돌려 술을 마시거나 혼자서 마시는 것은 결례라고 한다. 반드시 상대방과 눈을 맞춘 뒤에 마시며 마시는 술 한잔 한잔에 의미를 담아서 함께 마시는 것이 중국식 예법이라고 한다. 우리나라 술 예법과는 조금 다른 형태이니 조심하거나 주의를 기울일 필요가 있다.

 중국인들의 행사에 가보면 술 냄새 진동할 정도로 술 향기가 넘치는 경우를 본 적이 있다. 달짝지근 돗수 높은 중국 술들, 중국인들의 술 사랑도 남다르다.

54. 차,차,차

活得单纯一点。现代人因为繁琐的程序和工作而过着多么复杂的生
活？-伊德里斯·沙赫
단순하게 살아라. 현대인은 쓸데없는 절차와 일 때문에 얼마나 복잡한 삶을 살아가는가?-이드
리스 샤흐

보온병을 싣고 자전거 타고 출근하는 사람, 운전석 옆에 커다란 보온병에 차 한 가득 넣은 후 마시는 기사, 거리에 심심치 않게 보이는 차관(茶馆) 등, 중국인에게 차(茶)는 필수 불가결한 음료이다. 맑은 차(茶) 한 주전자만 있으면 어떠한 상황에서도 편하다라고 중국인들은 말한다. 그러면 차(茶)의 유래는 어떻게 될까? 중국인들은 언제부터 차(茶)를 마셨을까?

중국은 차(茶)의 본고장이라고 할 만큼 가장 빨리 차문화가 시작된 곳이기도 하고 가장 많이 소비되는 곳이기도 하다. 이러하 듯 중국에서 차(茶)가 발달할 수밖에 없는 배경적 이유가 있다. 중국은 전세계 차 생산의 42.29%를 차지할 정도로 차 생산 분야에서 압도적인 1위를 기록하였다. 그러나 차 수출은 케냐에 밀려 2위를 차지하나 이는 중국내에서의 차 소비량이 엄청나다는 것을 보여주는 예이기도 하다.

중국에서 차가 발달된 이유는 지리적으로 수질이 나쁘기 때문에 물을 끓여먹는 것이 습관 때문이 크다. 중국의 날씨는 대부분 건조한 날씨라 차가 잘 자랄 수 있는 환경을 조성하고 있고 중국 요리는 대체적으로 기름진 편인데 차(茶)는 이를 중화시키는 작용을 한다. 그러니, 날씨, 음식, 수질 복합적인 이유가 중국의 차 문화를 활성화 시키고 발전 시켰다.

기록에 따르면 BC 2,700년 경인 5천여 년 전부터 차를 마시기 시작했다. 세계 역사상 가장 먼저 차나무를 발견해 마셨다고 전해진다. 중국 농업과 의학 분야의 기초를 세운 신농이라는 인물이 우연히 식물의 잎, 찻잎을 발견해 마셨는데 맛과 함께 좋은 효능도 있다는 것을 알고 차로 우려서 마시기 시작했다고 한다. 중국 한대에 들어서는 본격적으로 차를 재배하고 상품으로 거래하기 시작했는데 중국의 차 문화는 불교와 함께 일본으로 전파되고, 티베르트로도 전해졌으며, 이후 네덜란드 무역상에 의해서 서양에도 널리 알려지면서 전 세계적으로 사랑 받게 되었다. 영어의 'Tea'도 차를 수출하던 중국 샤먼 지역의 '차' 발음인 'Tay/Te(테)'에서 유래한 것이라고 한다. 길고 긴 역사 속에서 중국 차 문화는 끊임없이 발전해왔고 오랜 역사를 지닌 만큼 차의 종류도 다양하다.

 중국에서는 차를 대접하고 마실 때에도 갖추어야 하는 예절이 있다. 먼저 차를 대접하는 사람은 손님에게 차를 내놓기 전 차의 취향을 물어보아야 한다. 찻물이 너무 뜨겁지 않게 해 손님이 데이지 않도록 하고, '술은 가득 채우고 차는 반만 채운다'라는 말이 있듯 차를 찻잔에 따를 때 잔의 70~80% 정도만 채운다. 차를 마시는 사람은 찻잔을 왼손에 올려놓은 다음 오른손으로 잔을 잡고 마시기 전 차의 색을 감상하고 향을 맡는다. 차는 단번에 마셔서는 안 되고 조금씩 나누어 마셔야 하는데 차를 조금 머금어 혀 주위로 돌리면서 입안 전체로 향기를 맛본 후 넘겨야 한다. 흡사 와인을 시음하는 그러한 비슷한 형태. 그리고 굽이 난 찻잔을 주인에게 보여주어 고마움과 칭찬을 표하는 것도 차를 마시는 예의란다. 나른한 오후, 맛있는 차(茶) 한잔으로 맛의 여유를 가져보는 것도 호사를 노려봄도 좋겠다.

55. 중국에서 식사모임

不与眼泪一起吃过面包的人不知道人生的真正滋味。　-歌德

눈물과 더불어 빵을 먹어 보지 않은 자는 인생의 참다운 맛을 모른다. -괴테

　식사모임 초대로 중국식당에 가보면 일반적으로 원탁에서 하는 경우가 많다. 특별히 격식을 차리는 자리인 경우에는 독립된 방(룸)을 별도로 빌리는 바오팡(包房)을 하는 경우가 많다. 대부분 초대자나 제일 높은 지위에 있는 사람이 입구 출입문에서 마주 보이는 안쪽 정중앙 자리에 앉게 되고, 나이가 어릴수록 문 쪽으로 앉아서 주인을 대신해서 심부름 하거나 종업원을 부르게 된다. 편안한 식사모임에 가면 은연 듯 가장 안쪽으로 가서 식사를 하게 되는데 본이 아니게 가장 높은 지위를 탐내는 욕심이 있어서 그런 것은 아니고 보통 기념사진 찍을 때 얼굴 갸름하게 가장 잘 나올 수 있는 위치가 가장 안쪽이라 그렇게 자리를 차지한다. 물론 공식적인 모임에서는 철저히 중국식 룰을 지키려고 노력한다.

　중국의 평범한 식당에서도 대부분 음식 메뉴 종류가 매우 많다. 그런데 오로지 한자로만 써있는 경우가 있어 무슨 음식인지 도대체 감을 잡을 수 없는 경우도 있지만 최근에는 음식 사진이 함께 있는 겨우도 많아 시각에 의존하여 음식 주문을 하기도 한다. 현대화 경향에 맞춰 테이블에 착석하면 앞에 있는 큐알 코드 찍고 앱으로만 주문 가능한 식당도 많아지고 있으니 정보화, 디바이스 기기 사용 능력을 갖추는 것은 필수가 되어 버렸다.

　중국식 격식을 갖춘 연회에서는 전채, 차가운 요리, 뜨거운 요리, 탕, 주식, 후식 순서로 나온다. 10명 정도 식사를 할 경우에는 차가운 요리 4가지, 메인이나 특별요리 2가지 그리고 일반 요리 8가지 정도 시키는데 그 양이 정말 많다. 우리의 경우 밥 같은 주식과 함께 요리를 반찬 삼아 먹는 경우가 일반적이지만, 중국에서는 면이나 볶음밥, 만두 같은 주식류를 마지막에 먹는 경우가 많다. 물론 일반적이기 때문에 취향에 따라, 식당 성격에 따라 달라지기도 한다.

　식탁은 대부분 원탁이기 때문에 음식에 놓은 회전판을 돌리면서 식사를 하게 되는데 원탁 식사 예절로서 회전판을 급하게 돌리지 않고, 다른 사람이 음식을 덜고 있을때는 기다리는 센스가 필요하다. 먹고 싶은 음식이 아쉽게도 막 지나 갔더라도 반대 방향으로 회전판을 돌려 음식을 가져오는 경우는 예의에 어긋난다고 생각하니 주의가 필요하다. 친한 가족끼리라면 편하게 식사할 필요도 있지만 말이다.

　중국의 음식 문화에 대한 대대적인 캠페인이 벌어지고 있다. 과다하게 쌓아놓고 먹지 말고 정량만큼 먹고, 음식 남기지 않기 캠페인이다. 중국에서 뷔페 식당을 가보더라도 두 사람이 식사를 하는 경우에도 한 접시 한 접시 먹는 것이 아니라 두명이 식사하는 테이블위에 한 10접시는 가져다 놓고 식사하는 경우를 많이 보게 된다. 중국인의 허세인지, 위장의 대단함인지 모를 노릇이지만 쉽게 음식 캠페인 문화 정착은 아직도 잘 이루어지지 않는 것 같다. 풍족하고 넉넉함을 미덕으로 삼는 음식 문화에 대한 개선이 이루어질 필요가 있다. 풍족함과 허세를 뛰어 넘을 수 있는 격식 있는 식사 문화의 품격 전환이 많이 필요해 보인다.

56. 중국의 군대 제도

活得单纯一点。因为繁琐的程序和工作，过着多么复杂的生活？-伊德
里斯·沙赫

단순하게 살라. 쓸데없는 절차와 일 때문에 얼마나 복잡한 삶을 살아가는가? -이드리스 샤흐

 아직도 악몽을 꾸는 경우가 있다. 바로바로 군대 재입대의 꿈, 아무리 꿈속에서 나는 병역 필 했음을 설명하지만 꿈속에서는 제도의 변경으로 두 번씩 재 입대 해야 한다고 법이 바뀐다. 이런 이런, 나만 그런 불면의 꿈을 꾸는 것도 아니다. 대부분의 군대 다녀오신 분들은 이런 꿈들을 아직도 꾸고 있지 않을까 싶다. 사시에 합격한 판사님의 이야기는 최악의 꿈 이야기다. 어느 날 꿈을 꾸었는데 사법 시험에 불합격 되어 슬픔에 젖어 있는데 바로 입영 통시저가 발부되었다는 꿈이다.

 국민의 의무이지만 쉽지 않는 그리고 말도 많은 것이 국방의 의무, 대한민국 국민 남자로서 한 번씩은 겪게 되는 과정이지만 그 길이 참 다양하기에 말도 많고 탈도 많다. 최근에는 의무병제도에서 모집을 통한 모병제를 논의하고 있지만 예산 문제와 지원자 확보 문제로 쉽게 결정 될 수 없다고 한다.

 중국의 병역제도도 기본적으로 대한민국과 같이 의무병역제도라고 한다. 중국 병역법을 보면 남자는 만 18세부터 현역으로 복무해야 할 의무가, 생기고, 보통 만 22세까지 국가의 부름을 기다리며 대기해야 한다고 규정하고 있다. 그러나 이것은 원칙적인 의무병역 제도를 말하고 있는 것이며 실제로는 모병제에 가깝게 운영 되고 있다. 그럼에도 의무 병역제도로 규정해 놓고 있는 것은 조국을 위한 충성, 즉 국방의 의무를 다해야 한다는 기본적인 정신을 상기시키고자 하는 취지 때문이라고 한다.

중국 성인 남성은 대부분 평소에 자신의 일에 종사하고, 소집에 따라 단기훈련 받고 유사시 정규군을 구성하는 민간병으로 의무를 이행한다고 한다. 모든 18세 이상의 남성을 의무적으로 징집 대상자로 등록해 놓고 병역자원으로서의 관리를 하며, 언제든지 필요시에 징병전환이 가능하다는 점에서 미국이나 서구의 병역제 도랑 비슷하다고 할 수 있다.

이외에도 병역 제도와 관련해 중화인민공화국 국방교육법과 중화 인민 공화국 병역법에 따라 학생이 대학에 입학하면 4주간 남녀 구별 없이 필수적으로 군사 훈련을 받아야 한다. 전투훈련, 군사사상, 군사관련 과학기술, 현대적인 국방력, 구급법등으로 수업이 구성되며, 군사훈련의 주요 목적은 애국주의 사상과 조직성 과 규율성을 높이기 위한 일환이라고 한다.

과거 한국에서도 교련과목을 통해 학교에서 군사 훈련을 받기도 했는데 중국은 지금도 고등학교 첫 학기 시작 될 때는 군사훈련과정 1주일을 갖고 있다. 동일한 복장을 한 채 실제 군인들이 와서 군사훈련을 할 때도 있고, 자체 교관을 편성해 서 군사훈련을 받기고 한다. 이러한 훈련을 학생들은 엄숙히 수행해 나가는 것이 종종 목격되기도 하고, 시즌이 되면 언론에서는 학교별 군사 훈련을 보고 매스컴 을 통해 공개하기도 한다. 최첨단의 군사력으로 무장해 최고 강대국의 발돋음 하 려는 중국인들의 야욕, 타이완에 대한 군사적인 도발 등이 주변국을 가끔씩 불안 하게끔 만들기도 하는 이때에 평화로운 긴장감이 늘 맴돈다.

57. 파뿌리-결혼문화

在幸福的婚姻生活中，比起彼此多么合得来，更重要的是如何克服不同之处。-托尔斯泰

행복한 결혼 생활에서 중요한 것은 서로 얼마나 잘 맞는가 보다 다른 점을 어떻게 극복해 나가느냐이다.-톨스토이

연변조선족자치주는 현재 60만 명 정도 조선족들이 모여 살고 있다. 점점 수가 줄어 들고 있지만 아직도 가장 많은 조선족들이 살고 있는 연길은 다른 중국지역과는 다르게 한국적인 풍경들이 많이 펼쳐진다. 대표적인 것은 간판 문화다. 한국어, 중국어를 병기해서 표기해야 하기 때문에 연길이 외국(중국)이라는 느낌이 적다. 그리고 각종 안내 방송 또한 조선어를 함께 하고 있다. 억양의 차이로 북한 사람들이 말하는 것처럼 들리기도 하지만 외국살이의 어려움이 거의 없는 지역에 하나다.

학교 근무하는 조선족 동료 중에 고등학생 되는 자녀가 파뿌리가 뭐냐고 묻길래 황당했었던 적이 있었노라고 이야기를 들었다. 먹는 파는 알겠는데, 파 뿌리는 무엇인지 모르는 것이다. 학교에서도 조선어를 일부 배우긴 하지만 대부분 한어(중국어)를 사용하고 공부해야 하는 터라 한국어의 단어나 의미를 잘 모르는 경우도 많다고 한다. 그리고 실제로 가정에서도 한국어보다는 한어로 대화를 더욱 많이 하고 있다고 한다.

파뿌리, 흔히 결혼식 주례사로 예전에 자주 듣던 말이다. 이제는 염색문화의 발달로 하얗게 머리색 변할 때까지 백년가약을 맺는 사람은 드물 것이다. 게다가 현대에는 이혼률도 급속도로 높아지고 있기 때문에 오랫동안 혼인관계를 유지하는 것은 참 많은 노력들이 필요한 것 같다.

중국에서는 남자는 22세, 여자는 20세 이상이면 부모의 동의 없이 결혼 할 수 있다고 법으로 보장하고 있다. 우리와 마찬가지로 결혼 약속하고, 상견례하고 결혼하지만 나름 우리결혼문화와는 다른 모습을 보이는 경우가 있다. 먼저 혼인신고다. 중국은 결혼 전에 혼인 신고를 해야 한다. 먼저 결혼의사를 직장에 보고하고 미혼증명서를 발급받는다. 그다음에 국가가 지정한 병원에서 건강진단서를 발급받는다. 건강진단서와 미혼증명서를 첨부해 시나 구에 혼인 신고서를 제출하여 결혼 증명서를 취득한다. 이렇게 세 단계를 거쳐 결혼 증명서를 취득해야 법적으로 부부로서 보호를 받을 수 있다. 혼인신고서만 하는 우리나라와는 조금 절차가 까다로운 편이다.

결혼 날짜는 대부분 짝수 날로 정하는데, 예부터 좋은 일이 짝을 이룬다는 그들만의 신념이 있다. 보통 음력으로 2,4,6,8,10의 숫자가 들어가고 요일 또한 짝수일인 화요일, 토요일을 최고 기일로 여긴다고 한다. 결혼당일 결혼식의 시작은 신부의 집에서 시작된다. 아파트에 가끔 검은색 차량이 꽃을 장식한 채 길게 늘어서 있는 경우가 있는데, 신부의 집에서 신부를 맞이하는 경우란다. 신부는 웨딩드레스나, 전통복장인 치파오를 입고 기다리며 집 앞에는 기쁠희자(喜喜) 두 개를 붙여놓고 하객들의 축하를 받는다. 죽 늘어선 웨딩카는 결혼식의 성대함뿐 아니라, 신랑 측의 부의 정도와 대인관계를 과시하기 때문에 조금 무리가 따르더라도 되도록 많은 외제차와 비싼 차를 동원하려고 한다. 체면을 중시하는 중국인들의 모습이다.

피로연에서 신랑 신부가 하객들에게 인사하러 다닐 때 신랑은 술을 권하고 신부는 담배를 권하며 불을 붙여준다. 이때 담배는 기쁠희자(喜喜) 두개가 새겨진 담배를 사용한다고 한다. 그러면 하객들은 홍바오라는 붉은색 봉투에 축의금을 넣어 전하고 그에 대한 답례품으로 사탕과 담배를 받는다. 사탕은 하객들에게 달콤함을 전하고자 하는 마음이며, 담배는 담배연기처럼 기쁨이 퍼져 나가길 바라는 마음이 담겨있다고 생각하고 있다. 둘다 건강에는 좋지 않은 것 같지만 그들의 문화다.

아직도 결혼 지참금 문제로 중국사회는 시끌시끌하다. 심지어 지참금 돌려달라는 시위도 일어나고 있고, 지역별로 평균 지참금의 액수도 공개되고 있다. 결혼 지참금만을 노리고 4번이나 결혼한 결혼 사기꾼들도 매스컴에 등장하기도 한다. 불꽃처럼 번쩍이 듯 금세 결혼했다가 바로 이혼한다는 산훈, 산리라는 신조어가 있다고 한다. 자기중심적인 사고에 익숙한 요즘 젊은이들이 남녀의 갈등을 잘 해결해 나가지 못하고 있는 사회적 현상이다. 담배연기처럼 기쁨이 퍼져나가길 바라는 마음이 담배연기처럼 사라지는 꼴로 전락하고 있는 현실은 씁쓸하기만 하다.

58. 사다리 오르다

真正的死亡是从记忆中消失的时候来的。 -印第安谚语
진정한 죽음은 기억에서 사라 질 때 온다.-인디안 속담

　중국은 다양한 소수민족으로 이루어진 국가라 관혼상제의 풍습이 다른 경우가 많다. 티벳 여행에서 알게 된 사다리 그리기 장례문화에서부터 토장, 화장,조장, 천장 등 여러 모습의 장례 모습을 간직하고 있다.

　중국은 우리나라와 같이 유교문화의 영향으로 장례의식이 매우 엄숙하고 까다롭고 복잡하며 심지어 장례기간이 길기도 하였다. 하늘이 내린 생명을 다 누리고 집에서 죽음을 맞이하는 것을 가장 큰 복으로 여기기도 하고, 자식들과 후손들이 임종을 제대로 지키는 것이 가장 중요한 효라 여겼다. 땅에서 낳았으니 땅으로 돌아가야 평안함을 얻는다고 생각했기 때문에 시신을 땅에 묻는 토장이 일반적인 안장 법 이었다. 그러나 우리나라와 마찬가지로 장례의식은 점차 간소화 되고 있고, 장례기간도 줄어들고 나라마다 묘지의 국토잠식이 큰 문제 거리가 되자 이를 우려한 중국 정부는 1956년 화장제를 도입했다. 장례 문화를 변경하는 것이 쉬운 일은 아니었지만 국가 지도자인 덩샤오핑이 죽은 뒤 화장할 것을 유언했고, 그 결과 토장제도를 규제하는 방향으로, 그리고 화장제를 권장하는 모양세로 정착하게 되었다. 물론 일부 소수민족의 고유 장례풍속을 존중하는 차원에서 관련 기관에 신청하면 그들만의 장례방법을 허용해 주기도 한다.

　중국 남부지역의 소수민족에는 현관장이란 풍습이 있다고 한다. 관을 높은 절벽의 동굴 속에 넣어 두거나 절벽에 말뚝을 받고 거기에 관을 올려놓는다고 한다. 이는 조상의 육신을 잘 보존해야 높은 곳에 올려놓아야 조상의 은덕을 받을 수 있다고 생각하는 것이다. 티벳의 사다리 모양 그리는 풍습과 더불어 조장이라는 풍습이 있다. 새를 이용한 장례 방법인데, 시신을 새(독수리)가 먹을 수 있도록 산 정상에 내어 놓는다고 한다. 심지어 독수리가 먹기 좋게 시신을 토막 내어 늘어놓기도 하는데, 이렇게 하는 이유는 망인의 영혼이 독수리와 함께 하늘로 올라간다고 생각한다는 믿음 때문이다. 이러한 조장 풍습은 매우 신기하고 독특하며 어떻게 보면 잔인하다고 볼 수 있는데, 다큐멘터리 영상에서 보여 지는 장면들은 매우 신성시되는 느낌이 든다. 물론 조장 주변에 펼쳐지는 엄청난 악취는 너그럽게 받아들이는 분위기이다.

중국은 당지(当地)화장이 기본원칙이라고 한다. 타 지역의 사람이 사망하더라도 사망한 지역에서 화장을 한 후 유골을 수습하여 고향으로 가져가야 한다고 한다. 최근에는 죽은 사람을 화장 한 후 유골을 땅에 묻는 대신 나무를 심어 묘지로 삼는 수목장이 널리 권장되고 있고, 이것은 산림훼손도 막고 토장 효과도 동시에 누릴 수 있어 많이 선호한다. 성묘와 제사 풍습은 우리나라와 비슷하다.

죽음과 이를 마주하는 후손들의 선택, 그리고 다양한 문화들. 어떻게 아름답게 보내드릴까를 고민하기보다 살아 있을 적에 어떻게 즐겁게 생을 함께 할수 있을지를 고민하는 것이 더욱 많은 행복을 공유하고 간직할 수 있는 방법이라 생각된다.

59. 중국의 쇼쇼쇼

真正想笑就要忍住痛苦，进而要懂得享受痛苦-查理·卓别林

진정으로 웃으려면 고통을 참아야하며 , 나아가 고통을 즐길 줄 알아야 해 -찰리 채플린

중국 Tv 채널은 케이블 방송처럼 지역방송국 채널을 포함해서 매우 많다. 소수민족들의 채널들은 그들의 언어로 방영이 된다. 보고 싶은 채널을 켜면 그 내용을 볼 수 있다. 뉴스 채널, 어린이채널, 드라마 채널, 스포츠 채널 등, 하루 종일 전통극만 방영하는 채널도 있다. 공연 프로그램은 꽤 많은 편인데 중국 문화를 제대로 알려면 그들의 전통공연을 보여주는 채널을 감상하면 된다. 중국영화에 등장했던 대표적인 경극(京劇)이나 변검쇼 등이 대표적이다. 중국에서도 전통극을 보전하고 발전시키고자 하는 의지가 있으나 시대흐름을 잘 반영하지 못해서 그런지 요즘 젊은이들의 관심사에는 많이 벗어난 듯 보인다.

중국의 전통극은 4가지로 나뉜다. 월극, 천극, 곤극, 경극 등. 웨이지(월극)은 중국 전통극중에서 가장 늦게 발전했으나 가장 넓은 지역에서 공연되는 지방극이라 한다. 1920년대 상하이에서 발전하기 시작한 것으로 경극과는 반대로 여자배우만 출연한다. 1950년대 로미오와 줄리엣 평가를 받았던 량산보(梁山伯)와 주잉타이(祝英台)가 큰 인기를 끌면서 웨이지의 위상이 높아졌다고 한다.

찬지는 쓰촨의 찬자를 뜻한다. 그래서 쓰촨성 일대를 중시 윈난과 구이저우 일부 지방에서 유행했던 지방극이다. 가장 많은 작품들이 있는 전통극이 바로 찬쥐로 작품수가 무려 2,000여종이나 이른다고 한다. 연출 기법이 세밀하고, 생활속 소재를 통해 공연하는 경우가 많으며 절묘한 기예를 선보이는 화려한 무대덕에 관객을 긴장케 하기도 한다. 변검(变脸), 얼굴 가면이 순식간에 바뀌는 쇼도 일종에 찬쥐에 해당한다고 한다.

　가장 오래된 지방극이 바로 쿤쥐라고 한다. 명대 초기에 장쑤성 쿤산과 쑤저우 일대에서 시작 되었으며, 노래, 춤, 무술과 문학이 결합된 종합 예술이라 할 수 있다. 부드러운 선율 속에서 행동과 의상과 표정 등의 연기가 매우 우아한게 특징이다. 양반들, 부 문인들이 주로 즐겨보던 극으로 가장 정통스타일에 가까운 지방극이며, 기본기를 중시하기에 모든 전통극의 조상이라고 칭하기도 한다. 쿤쥐는 징쥐(京劇)의 등장으로 쇠퇴의 길을 맞지만 1950년대 십오관이 큰 인기를 끌었고 2001년에는 유네스코세계 문화유산에 등재 되었다.

　국가대표급 전통극, 경극은 베이징 전통극이란 의미이다. 그래서 서양에서는 경극을 베이징 오페라라고 부른다고 한다. 중국 전통극 가운데 가장 큰 대표극이란 뜻으로 국극이라 불리기도 한단다. 경극은 보다라는 동사를 쓰지 않고 듣다라는 동사를 써서 팅시라고 한다. 화려한 분장과 동작이 들어 있다 하더라도 경극을 이해하기 위해서는 반드시 듣는 것에 유의해야 한다는뜻이다. 경극의 무대는 서양의 오페라처럼 화려하지 않고 간단한 소품이나 탁자, 의자 정도로만 구성되어 있다. 섬세하고 과장된 표정의 얼굴 분장, 화려한 옷, 생소해 보이는 동작들이 두드러진다. 얼굴 색깔이 붉은 경우에는 충직하고 정의로움이, 흰색의 경우에는 교활하고 흉악함이, 걷는 도중 오른발을 야간 올리면 문지방을 넘는 것을 상징하며, 무대에서 원을 그리고 종종거리는 것은 멀리 여행을 가고 있음을 나타낸다고 한다. 이러한 상징성을 이해하고 경극을 감상해 보면 한층 이해도 쉽고 몰입도 잘 될 듯 하다.

　그럼에도 불구하고 중국 전통극은 우리나라 전통에 대한 젊음이들의 태도처럼 쉽게 친숙하지도 않고 다가가기 쉽지도 않다. 범 내려온다로처럼 퓨전 형식을 띄면서 전통에 대한 관심을 환기시키려고 부단한 노력이 필요한 때 인 것 같다.

京剧

传统剧目有1000多个，流传较广的有《霸王别姬》、《群英会》、《三打祝家庄》、《三岔口》等剧目广为流传，深受喜爱。

60. 월량대표아적심

你的幸福取决于什么让你的灵魂歌唱。 – 南希·沙利文

당신의 행복은 무엇이 당신의 영혼을 노래하게 하는가에 따라 결정된다. – 낸시 설리번

　중국어를 배우거나 중국 노래를 배울 때 가장 쉽게 접할 수 있는 노래가 바로 등려군의 월량대표아적심(月亮代表我的心) 달빛이 내 마음을 대신하죠라는 노래다. 가장 먼저 이 곡을 녹음한 사람은 등려군이 아니라 진분란(陳芬蘭)으로 1973년 5월에 발행한 《꿈나라》에 수록되어 있다. 이후에 등려군은 1977년에 이 곡을 다시 리메이크하면서 대대적인 인기를 얻게 되었고, 월량대표아적심은 전 세계의 화교들의 국민 노래로 후에 등려군의 대표작이 되었다. 오늘날에 이르기까지 수많은 중국 및 외국 가수가 <월량대표아적심>을 리메이크했지만, 여전히 등려군의 버전이 가장 널리 알려져 있다. 가사의 분위기처럼 기타를 치면서 살며시 달빛 아래 노래를 불러보면 참으로 느낌 좋은 기분을 갖게 해 주는 곡이다.

你 問 我 愛 你 有 多 深, 我 愛 你 有 几 分
ni wen wo ai ni you duo shen wo ai ni you ji fen
그대는 내게 물지요, 얼마나 그댈 사랑하느냐구.

我 的 情 也 真 我 的 愛 也 真
wo de qing ye zhen wo de ai ye zhen
내 사랑은 진실하답니다.

月 亮 代 表 我 的 心
yue liang dai biao wo de xin
저 달이 내 마음을 대신하고 있어요.

你 問 我 愛 你 有 多 深, 我 愛 你 有 几 分
ni wen wo ai ni you duo shen
wo ai ni you ji fen
그대는 내게 물지요, 얼만큼 그댈 사랑하느냐구.

我 的 情 不 移 我 的 愛 不 變
wo de qing bu yi wo de ai bu bian
내 사랑은 변치 않아요.

月 亮 代 表 我 的 心

yue liang dai biao wo de xin
지 달이 내 마음을 대신하고 있어요.

轻 轻 的 一 个 吻 , 已 經 打 动 我 的 心
qing qing de yi ge wen yi jing da dong wo de xin
부드러운 입맞춤은 벌써 내 마음을 흔들어 놓았어요.

深 深 的 一 段 情 , 教 我 思 念 到 如 今
shen shen de yi duan qing jiao wo si nian dao ru jin
깊디깊은 사랑은 나로하여 그대를 이토록 그리워하게 하는군요.

你 問 我 愛 你 有 多 深, 我 愛 你 有 几 分
ni wen wo ai ni you duo shen wo ai ni you ji fen
그대는 내게 물겠지요. 얼만큼 그댈 사랑하느냐구.

你 去 想 一 想 你 去 看 一 看
ni qu xiang yi xiang ni qu kan yi kan
가만히 가만히 생각해보세요.

月 亮 代 表 我 的 心
yue liang dai biao wo de xin
달이 내 마음을 나타내고 있어요.

참으로 아름다운 가사다. '나 얼마나 사랑해?' 물을 때 영혼 없이 많이 사랑한다 하지 않고 달빛에 기댄 사랑 고백은 정말 애절하면서도 로맨틱하고 순수하다. 직설적이지 않고 은유로 고백하는 시적 표현이 우리 마음을 잔잔하게 울림을 주는 멋진 곡이다. 이 곡을 미리 알고 첫 사랑을 맞이했다면 더욱더 좋았을 것 같다는 생각이 든다. 달빛의 세.레.나.데, 내가 고른 중국판 명곡 중에 하나다.

61. 반달을 중국어로

被黑暗暂时遮住不管变成什么样子，所有人都知道你是圆的-和你一起

어둠에 잠시 가려져 어떤 모양이 되어도 네가 둥글다는 것은 모두가 알고 있다 - 너와 함께

70~80년대 많이 불리던 동요, 반달 (푸른하늘 은하수~)은 중국 사람들에게도 익숙한 동요다. 개인적으로 선율의 아름다움으로 매우 좋아 하는 동요 중에 하나다. 우리나라에서는 반달 노래 부르는 것을 보고 듣기가 어려워졌다. 동요의 대중성인지 Pop이나 가요 같은 형식의 동요가 많이 나오면서 순수한 동요기반의 선율을 외면하고 있지만 요즘도 중국학교 행사에서는 학생들이 음악 발표회 할 때 종종 반달을 부르고 있다.

'푸른 하늘 은하수 하얀 쪽배에'라는 가사로 시작하는 '반달'은 작곡가 윤극영이 1924년 작곡한 동요로 우리나라에서는 큰 사랑을 받으며 불리고 있다. 1950년대 초 베이징에서 조선족 김정평과 윤극영의 아버지 김철남이 '반달'을 중국어로 번역했고, 이후 중국 음악 교과서에 채택되며 중국에서도 많은 사랑을 받았다. 중국 포털사이트 바이두에는 '반달은 조선의 작곡가 윤극영이 작사·작곡한 한국 동요로 중국에도 널리 퍼져 있다'고 설명돼 있다. 그러나 중국 내 한 예능 프로그램에서 한국 동요 '반달'의 뿌리를 중국이라고 소개한 사실이 뒤늦게 알려지면서 논란이 커진 적이 있다. 중국 베이징TV의 노래경연 프로그램에서 두 남녀 출연자가 한국 동요 '반달'을 편곡해 불렀는데 이 노래가 소개되는 장면에서 제작진은 자막을 통해 '반달'을 중국의 조선족 민요로 소개하면서 누리꾼들이 발끈하게 되었다는 것이다. 현재 조선족은 중국국적이기 때문에 조선족의 문화를 통 털어 중국문화라 우기는 역사 문화 시선 때문에 왜곡이 이루어지는 것이다. 엄격히 말하면 조선족은 한민족이고 민족적으로는 한국인의 피가 흐르고 있으나 실제 거주하는 지역의 정책상 소수민족으로서의 국적은 중국 국적자로 나뉘면서 해석의 차이가 발생하고 있다. 한복도, 김치도 그러한 맥락이다.

　이런 논란과는 별개로 반달은 참으로 정감 있고, 따뜻한 노래이다. 우리말로 불렀을 때도 멋지지만 중국어로 부르는 맛도 감미롭고, 멋 스럽다. 반달을 중국어로 번역해 보면 다음과 같다.

　반달　小白船 (xiǎo bái chuán)

　蓝蓝的天空银河里
　lán lán di tiān kōng yín hé lǐ
　푸른 하늘 은하수

　有只小白船
　yǒu zhī xiǎo bái chuán
　하얀 쪽배엔

　船上有棵桂花树
　chuán shàng yǒu kē guì huā shù
　계수나무 한그루

　白兔在游玩
　bái tù zài yóu wán
　토끼 한 마리

　桨儿桨儿看不见
　jiǎng er jiǎng er kàn bù jiàn
　삿대도 없고

　船上也没帆
　chuán shàng yě méi fān
　돛대도 아니 달고

　飘呀飘呀飘向西天
　piāo yā piāo yā piāo xiàng xī tiān
　가기도 잘도 간다 서쪽 나라로

　아직도 코로나19 바이러스와 힘든 싸움을 이어지고 있지만 그래도 시선은 눈을 지구 밖으로 돌리면 세계 각국의 치열한 우주개발 경쟁이라는 새로운 역사 기록전에 나서고 있는 양상이다. 미국과 러시아가 반세기 만에 달에서 우주 경쟁을 재개하며, 한국도 처음으로 지구를 벗어나 달 탐사선을 발사한다. 중국은 독자 우주 정거장을 완성하면서 우주 패권에 본격적으로 도전한다. 동요 속 토끼가 사는 달나라가 아니라 이제는 경제적 패권의 장이 되어 버린 것이다. 돛대도 삿대도 달지 않았지만 지구인들의 달 행진은 거침이 없다.

62. 중국 동물농장

我们要记住,当我们对待人的时候,我们并没有对待逻辑上的动物。　我们面对的是感情的动物,与因偏见而心情忙碌、自尊心和虚荣的动物。 -戴尔·卡内基

우리가 사람을 대할 때, 논리의 동물을 대하고 있지 않다는 점을 기억할 일이다. 우리는 감정의 동물, 편견으로 마음이 분주하고 자존심과 허영에 따라 움직이는 동물과 상대하고 있는 것이다.-데일 카네기

　중국에는 사람도 많지만 15억 이상을 훨씬 뛰어 넘어서는 수많은 동물들도 있다. 아시아권에서 볼 수 있는 동물들은 거의 있다. 낙타, 코끼리, 호랑이 등, 야생에서 서식하는 희귀 동물들 뿐 아니라 손쉽게 교육용으로 구입해서 학생들에게 보여주거나 활용할 수 신기한 곤충들도 있다. 탈란툴라, 전갈, 멕시코도롱용(우파루파) 등은 실제로 구매해서 아이들과 관찰하고 탐구해 보았던 동물들이다. 코로나 펜데믹으로 인해서 최대 인터넷 상거래 시장인 타오바오에서 쉽게 구할 수 있던 동물들이 많이 제한되어 졌지만 아직도 우리나라에서 보기 힘든 동물들을 인터넷 상에서 구입하고 거래한다. 다양함이 넘치는 중국은 교육여건 조차 풍요하다는 생각이 든다. 중국어를 공부하다 동물들에 대해 알고 싶어 우리나라 동요 동물농장을 중국어로 바꾸어 보았다.

动物庄园 동물 농장

닭장 속에는 암탉이 (꼬꼬댁)
鸡窝里面 母鸡
문간 옆에는 거위가 (꽥꽥)
门厅旁边 在鹅
배나무 밑엔 염소가 (음매)
梨树底下 山羊
외양간에는 송아지 (음매)
牛棚里面 小牛
닭장 속에는 암탉이 (꼬꼬댁)
鸡窝里面 母鸡
문간 옆에는 거위가 (꽥꽥)

门厅旁边 在鹅

배나무 밑엔 염소가 (음메)

梨树底下 山羊

외양간에는 송아지 (음매)

牛棚里面 小牛

오 히 야하 오 오오 오오

误会呀 无无无无无

오 히 야하 오 오오 오

误会呀 无无无无无

거위와 오리를 키우기 위해 집도 지어주고, 먹이도 주어 보았다. 배움으로 아는 것과 키움으로 아는 것은 질적 차이가 있었다. 거위(鹅)와 오리(鸭)의 가장 큰 차이는 부리다. 평소의 움직임을 살펴보았을 때 오리가 조금 더 날쌔 보이고 물고기 먹이 잡아먹는 솜씨는 모두가 수준급이다. 문을 열어주면 간이 연못에서 귀신같이 물고기를 잡아 먹는다. 살아있는 물고기 사료 대는 게 버거워 공원에 풀어주면서 아쉬운 작별을 해보았던 것이 기억이 새록새록 남는다.

63. 고향의 봄-타향살이

岁月不能找回，不要在无聊的事情上浪费时间，要时刻不留遗憾地好好生活-卢梭

되찾을 수 없는 게 세월이니 시시한 일에 시간을 낭비하지 말고 순간순간을 후회 없이 잘 살아야 한다. -루소

타국에서 생활하다 보면 고향에 대한 그리움이 커진다. 비행기 타고 쉽게 이동한다하지만 비용적인 부분에서, 시간적인 제약에서 고국방문이 그리 쉬운 것은 아니다. 비행시간이 오래 걸리는 먼 곳에 거주하고 있는 경우는 떨어진 길이 만큼 이나 더 큰 향수병에 시달리기도 한다. 그런 의미에서 재외국민들이 좋아하는 노래 중에 단연 1,2위는 아리랑과 고향의 봄이 아닐까 추측해 본다. 꽃 피는 산골이 고향은 아니지만 노래 선율로만도 고향에 그리움을 가득 담아 던져주는 멋진 곡이다.

1 나의 살던 고향은 꽃 피는 산골
我曾生活的 故乡 花开的山沟
복숭아 꽃 살구 꽃 아기 진달래
桃花和杏花 小的 金达莱
울긋불긋 꽃 대궐 차린 동네
红红绿绿 花宫廷 摆着 村
그 속에서 놀던 때가 그립습니다
在其中 远的时候 非常想念

2 꽃 동네 새 동네 나의 옛 고향
花村 新村 我的故乡
파란 들 남쪽에서 바람이 불면
如果风从蓝色田野南边吹来
냇가에 수양버들 춤추는 동네
溪边垂柳跳舞的小区
그 속에서 놀던 때가 그립습니다
怀念在那其中玩耍的时候

64. 체조 시간

要想取得好的成果，每一步都要充满力量，不充实。但是

좋은 성과를 얻으려면 한 걸음 한 걸음이 힘차고 충실하지 않으면 안 된다. -단테

　중국학교를 지나다 보면 전교생이 운동장에 모여 함께 체조하는 모습을 왕왕 보게 된다. 흡사 과거에 한국에서 매주 행사로 있었던 월요 애국조회 느낌이 나기도 한다. 군대식으로 사열해서 교장선생님의 훈화말씀을 듣던 것처럼 전교생이 운동장에 모여든다. 중국학교 대부분은 등교 복이 체육복(활동복)인지라 옷 갈아입을 필요 없이 체육복 복장으로 운동장에서 음악에 맞춰 체조인듯 율동인듯 이, 얼,산,쓰,우,류,치,빠구령에 맞춰 몸을 움직인다. 요즘은 경직된 행진곡이나 군가 같은 음악이 아닌 동요나, 가요 팝 풍 음악에 맞춰 체조를 한다. 매스게임 연상케 하는 체조 하는 모습이 획일적이게 보이기는 하지만 신체건강에는 그리 나쁘지 않는 것 같다. 종일 의자에만 앉아서 수업하는 대부분의 시간들을 생각하면 참으로 의미 있는 귀한 시간일 수도 있겠다. 체조곡 중에 가사의 의미와 멜로디 선율이 아름다운 중국노래가 있어 아래에 적어본다. 너는 웃는 모습이 참 예뻐. 제목부터 강하게 끌린다.

你笑起来真好看
想去远方的山川 xiǎng qù yuǎn fāng de shān chuān
멀리 있는 산과 강에 가고 싶어

想去海边看海鸥 xiǎng qù hǎi biān kàn hǎi ōu
해변에 가서 갈매기도 보고 싶어

不管风雨有多少 bù guǎn fēng yǔ yǒu duō shǎo
비바람이 얼마나 몰아쳐도 상관없어

有你就足够 yǒu nǐ jiù zú gòu
너만 있으면 충분해

喜欢看你的嘴角 xǐ huān kàn nǐ de zuǐ jiǎo
네 입가를 보는게 좋아

喜欢看你的眉梢 xǐ huān kàn nǐ de méi shāo
네 눈언저리 보는게 좋아

白云挂在那蓝天 bái yún guà zài nà lán tiān
하얀 구름이 저 푸른 하늘에 걸려있어

像你的微笑 xiàng nǐ de wēi xiào
네 미소처럼

[chrous]
你笑起来真好看 nǐ xiào qǐ lái zhēn hǎo kàn
너는 웃는게 정말 예뻐

像春天的花一样 xiàng chūn tiān dí huā yī yàng
봄에 피는 꽃처럼

把所有的烦恼所有的忧愁 bǎ suǒ yǒu de fán nǎo suǒ yǒu de yōu chóu
모든 고민과 걱정을

统统都吹散 tǒng tǒng dou chuī sàn
전부다 날려 버려

你笑起来真好看 nǐ xiào qǐ lái zhēn hǎo kàn
너는 웃는게 정말 예뻐

像夏天的阳光 xiàng xià tiān de yáng guāng
여름에 햇빛처럼

整个世界全部的时光 zhěng gè shì jiè quán bù de shí guāng
전 세상 모든 시절이

美得像画卷 měi dé xiàng huà juàn
그림처럼 아름다워

하얀 구름, 푸른 연길의 하늘 아래 함께 호흡을 맞추며 체조하는 모습도 자세히 보지 않아도 참 예쁘다.

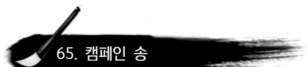

65. 캠페인 송

看看痛苦留下的痕迹吧！ 苦难过后，快乐必定会渗透进来。 -歌德
고통이 남기고 간 뒤를 보라! 고난이 지나면 반드시 기쁨이 스며든다. -괴테

 중국은 우리나라 입장에서 보면 참으로 문화 의식을 높일 수 있는 캠페인이 지속적으로 일어나야 할 것 같다는 생각이 든다. 나아졌다고는 하지만 개선해야 할 다양한 습관적 비문명적 행태들, 무단횡단. 길거리 침 뱉기, 큰소리로 떠들기, 식당, 길거리 흡연, 음식가득 쌓아 놓고 먹은 후 남기기, 쓰레기 무단 투기, 심지어 노상방뇨, 배변까지.

 나름 매스컴을 통해 조금씩 문명화된 사회를 만들어 가려는 노력들을 시도하고 있기는 하지만 기대만큼 획기적으로 변해 가는 것 같지 않아 보인다. 그래도 가장 강력한 수단으로 제재를 하는 과태료나 얼굴 공개같은 비장의 무기는 나름 교통 법규는 참 잘 지키게 한다. 과거에는 도로 역주행도 많았는데 지금은 거의 찾아 볼 수 없다.

 코로나 19 관련해서 캠페인송 같은 예쁜 중국 노래가 있어 소개해 본다. 고마움을 많이 말할 수 있는 사회로의 노력들이 있을 때 그리고 멋진 삶의 습관과 기여하는 모습들이 중국도 수준높은 문화 시민으로 만들어 갈 것이라는 기대를 해 본다.

听我说谢谢你 - 李昕融
고맙다고 말할래요 - 이흔융

送给你小心心 送你花一朵

당신에게 하트를 보내고 꽃 한송이를 보내요

你在我生命中 太多的感动
당신은 내 삶속의 너무 많은 감동이예요

你是我的天使 一路指引我
당신은 나의 천사로서 언제나 나를 이끌어 주죠

无论岁月变幻 爱你唱成歌
아무리 세월이 변해도 당신을 사랑하기에 노래로 불러봅니다

听我说谢谢你 因为有你 温暖了四季
고맙다고 말할래요 당신이 있으므로 사계절이 따뜻해요

谢谢你 感谢有你 世界更美丽
고마워요 감사해요 당신이 있어서 세상이 더욱 아름다워요

我要谢谢你 因为有你 爱常在心底
난 당신에게 고마워 할래요 당신이 있으므로 사랑은 늘 맘속에 있어요

谢谢你 感谢有你 把幸福传递
고마워요 감사해요 당신이 있어서 행복을 전해요*2

世界更美丽

세상이 더욱 아름다워요

66. 무조건이야

如果你是热情的对象，就踢开窗户跳下去。

如果你感到热情，就逃离它。

热情已经过去，无聊感依然存在。-加布里埃尔 香奈儿
당신이 열정의 대상이라면 창문을 박차고 뛰어내려라.
열정을 느낀다면 그것에서 도망쳐라.
열정은 지나고 지루함은 남는다.-가브리엘 샤넬

노래방에 자주 가지는 않지만 가끔갈 때 꼭 부르는 노래가 있다. 바로 무조건. 함께하는 사람들과의 관계를 더욱 강력하게, 견고하게, 아부성 멘트가 난무하는 기분 좋은 노래다. 정녕 마음도 일치할 때 생기는 에너지와 기분좋음은 따로 설명할 필요도 없다. 이것저것 재고, 나의 이익을 우선 고려하는 이기적인 사회적 분위기에서 탈피하는 사랑 가득한 노래. 중국어로도 번역되어 불러지고 있다고 하니, 사람들의 마음은 별반 다르지 않다. 무조건적인 사랑, 관심, 그것을 많이 필요로 하는 사회다. 조건 없음. 중국어 버전이다.

无条件

내가 필요할 때 나를 불러줘 언제든지 달려갈게
需要我的时候 请叫我 随叫随到

낮에도 좋아 밤에도 좋아 언제든지 달려갈게
白天也好， 晚上也好 随叫随到

다른 사람들이 나를 부르면 한참을 생각해 보겠지만
别人呼唤我的话 虽然会考虑很久

당신이 나를 불러준다면 무조건 달려갈 거야
只要你呼唤我 我一定会跑过去

당신을 향한 나의 사랑은 무조건 무조건이야
我对你的爱无条件无条件

당신을 향한 나의 사랑은 특급 사랑이야
我对你的爱是特级爱情啊

태평양을 건너 대서양을 건너 인도양을 건너서라도
越过太平洋，越过大西洋，越过印度洋

당신이 부르면 달려갈 거야 무조건 달려갈 거야
只要你呼唤我 我一定会跑过去

67. 기찻길 옆 오막살이

世界是一本书。 不旅行的人只读那本书的一页-圣奥古斯丁
세계는 한 권의 책이다. 여행하지 않는 자는 그 책의 단 한 페이지만 읽을 뿐이다
- 성 아우구스티누스

중국의 대륙을 이동하는 가장 대표적인 수단은 철도다. 중국의 성도를 대부분 고속철로 이동하여 갈 수 있기 때문에 비행기보다 더욱 대중적으로 이용하는 것 같다. 고속철이지만 하루 종일 달려도 갈수 없는 지역이 있을 만큼 중국의 땅은 참 넓고 넓다. 동쪽 끝에서 서쪽 끝까지 철도로 이동하려면 3~4일 족히 걸린다.

장거리 여행이 필수인 덕에 중국의 대부분 기차는 침대칸이 있고 식사하는 칸이 따로 있다. 침대도 편안한 침대칸, 딱딱한 침대칸으로 나누는데 사실 침대가 딱딱하다기 보다 침대의 개수에 따라 정해진다. 4인 1실은 부드러운 침대칸으로 문도 있어서 가족들이 함께 여행하기에 적합한 구조다. 6인 1실은 딱딱한 침대칸, 친목도모 여행으로 또는 낯선 이들과의 만남도 이루어 질수 있는 구조다. 가장 선호하는 위치는 1층 침대칸이다. 앉아 있고, 누워 있고, 자유롭게 밖으로 드나들 수 있어서 가장 빨리 자리가 매진되며 가격도 조금 높다 딱딱한 침대칸의 가장 상단은 누워서 여행이 가능하며 제대로 앉을 수도 없을 정도로 높이가 좁다. 여행객인지 짐인지 혼동되는 착각마저 드는 구조다.

중국의 기차 이용을 한국식으로 생각해서 이동하면 고생하기 일쑤다. 쉽게 말해 비행기 탑승 하 듯이 일찍 기차역에 도착해야 하고, 짐을 검사 받아야 하고, 개찰구 통과 시점은 10분 정도로 오픈할 때 제때 들어가지 않으면 문도 닫혀 버려 기차 탈 기회를 잃어버린다.

중국의 시안(진시황 병마용과 양귀비의 흔적이 있는)을 방문해서 여행할 때 기차역에서 겪은 일은 지금도 아찔하다. 여행사 사장님이 기차역 주변에서 내려주면서 2시간 전에 기차역으로 들어가라 했건만 여유 부리다 1시간 전에 도착했는데 너무 많은 인파로 인해 정말 가까스로 기차를 탄 경험이 있다. 비행기 공항이나 기차역이나 규모나 시스템이 비슷하다. 어떤 경우는 같은 지역 여행인데도 기차값보다 비행기 티켓 값이 더 저렴한 경우도 있다. 정보 검색을 잘 할 수 있다면 최소한의 비용으로 즐거운 여행을 해 볼 수 도 있다. 엄격한 제로코로나 정책에서 유연하게 자유로운 여행이 확대되길 간절히 바래본다.

기차길옆 오막살이　火车路旁 窝棚

아기아기 잘도잔다　宝宝睡得真香

칙폭칙칙폭폭 칙칙폭폭　池池婆婆　池池婆婆　池池婆婆

기차소리 요란해도　即使火车声嘈杂

아기아기 잘도잔다　宝宝睡得真香

68. 연길의 가을풍경

真正的旅行不是去看新的风景，而是看世界的另一双眼睛-如梦

진정한 여행은 새로운 풍경을 보러 가는 것이 아니라 세상을 바라보는 또 하나의 눈을 얻는 것이다-여몽

연길의 하늘은 참으로 푸르다. 가을의 하늘은 더욱 진하고, 차갑고 청명하다. 때 묻지 않은 순수함의 기운이 올려져 있다. 하얀 조각구름. 가끔씩 창공을 새기는 비행기마저 한 폭의 그림을 그리 듯 멋지다. 연길시, 명칭은 도시이지만 시골스러운 농촌과 가깝게 이웃해 지역, 학교 교정에는 들풀이 흐드러지게 자란다. 코스모스가 지천이다. 그 속에서 아이들과 함께 배움과 나눔과 성장을 함께하는 시간들은 참으로 감사하고 귀하다. 아이들과 사진을 담은 영상을 만들어 보았다. 소규모 학교라 한 개 학년에 한 개반, 학생수도 10명을 넘는 반이 없다. 서로 서로 친숙하게 가을을 담고, 나눌 수 있는 시간이었다.

가을은 참 예쁘다 하루하루가
秋天 真美 一天一天

코스모스 바람을 친구라고 부르네
大波斯菊 蒋凤 称为朋友

가을은 참 예쁘다 파란 하늘이
秋天 真美 蓝的天空

너도나도 하늘에 구름 같이 흐르네
你和我天空 像云彩 一样流淌

조각 조각 흰구름도 나를 반가워 새하얀 미소짓고
一片一片 白云也 欢迎我带着新百的微笑

그 소식 전해줄 한가로운 그대 얼굴은 해바라기
传达那消息地你悠闲地脸庞向日葵

가을은 참 멋지다. 가을은 품은 연길도 참 좋다.

69. 첨밀밀

没有陌生的土地。　只是对旅行者感到陌生-罗伯特·路易斯·史蒂文森

낯선 땅이란 없다. 단지 여행자가 낯설 뿐이다-로버트 루이스 스티븐슨

영화 첨밀밀을 보고 가슴 애틋한 홍콩식 러브스토리에 빠졌던 기억이 있다. 농촌에서 도시로 와 삶을 치열하게 살아가는 과정이 애틋하고, 먹먹하고, 아련하게 만든다. 생사고락을 함께할 때 쌓아지는 감정선의 미묘함이 참 은은하고 풀어가는 방식이 참 맛이 있는 영화다. 해피엔딩을 간절히 기원하지만 나름 덤덤하고, 담담한 결론으로 이끄는 과정 또한 인상적이다. 첨밀밀 노래가사는 그러한 스토리를 멋지게 품어 냈다.

달콤하게
甜蜜蜜 *tián mi mi*

당신은 너무 달콤하게 웃네요
你笑得甜蜜蜜 *nǐ xiào dé tián mi mi*

마치 봄바람에 피어 있는 꽃 같아요.
好像花儿开在春风里 *hǎo xiàng huā ér kāi zài chūn fēng lǐ*

봄바람에 피어있는
开在春风里 *kāi zài chūn fēng lǐ*

어디서, 어디서 당신을 본적이 있나요?
在哪里在哪里见过你 *zài nǎ lǐ zài nǎ lǐ jiàn guò nǐ*

당신의 웃는 얼굴이 이렇게 낯 익은데
你的笑容这样熟悉 *nǐ de xiào róng zhè yàng shú xī*

잠시 생각이 나질 않네요.
我一时想不起 wǒ yī shí xiǎng bú qǐ

아~ 꿈속이었군요. 啊在梦里 ā zài mèng lǐ

꿈속에서 당신을 본적이 있어요.
梦里梦里见过你 mèng lǐ mèng lǐ jiàn guò nǐ

달콤하게 너무나 달콤하게 웃었지요.
甜蜜笑得多甜蜜 tián mì xiào dé duō tián mì

당신이에요. 당신, 꿈속에서 본 사람이 바로 당신이에요.
是你是你梦见的就是你 shì nǐ shì nǐ mèng jiàn de jiù shì nǐ

어디서, 어디서 당신을 본적이 있나요?
在哪里在哪里见过你 zài nǎ lǐ zài nǎ lǐ jiàn guò nǐ

당신의 웃는 얼굴이 이렇게 낯 익은데
你的笑容这样熟悉 nǐ de xiào róng zhè yàng shú xī

잠시 생각이 나질 않네요.
我一时想不起 wǒ yī shí xiǎng bú qǐ

아~ 꿈속이었군요. 啊在梦里 ā zài mèng lǐ

꿈에서도 보고 싶은 사람~ 사랑 가득함이 달콤함에 잘 담겨져 있는 멋진 선율의 노래다.

热爱旅行和变化的人是有生命的人-瓦格纳

여행과 변화를 사랑하는 사람은 생명이 있는 사람이다-바그너

중국몽(梦)을 외친 시진핑의 슬로건으로 3연임에 성공하고 장기 집권체제로 들어갔다. 중국몽(梦)은 시진핑이 2012년에 중화민족의 위대한 부흥을 실현하는 것이 바로 근대 이래로 중화 민족의 가장 위대한 꿈이라고 전시장에서 언급하면서 등장하게 된 말이다. 중국공산당 창당 100년인 2021년까지 전면적인 부국을 위한 샤오캉 사회를 건설하고, 신 중국 건국 100년인 2049년까지 부강하고 조화로운 현대국가를 실현하는 중국몽(梦)에 실현하기 위해 노력해야 한다고 강조하고 주요 시진핑 정부의 주요 통치 이념이 되었다.

중국몽(梦)과 더불어 과거 실크로드의 영광을 재현하고 중화민족의 위대한 부흥을 실현하기 위해 일대일로(一带一路) 전략도 추진하고 있다. 일대일로(一带一路)란 중국 주도의 '신(新) 실크로드 전략 구상'으로, 내륙과 해상의 실크로드 경제벨트를 지칭한다. 고대 동서양의 교통로인 현대판 실크로드를 다시 구축해, 중국과 주변 국가의 경제, 무역 합작 확대의 길을 연다는 어마어마한 대규모 프로젝트다. 중국몽(梦)과 더불어 시진핑 주석의 제안으로 시작되었으며, 2021년 현재 140여개 국가 및 국제기구가 참여하고 있다. 내륙 3개, 해상 2개 등 총 5개의 노선으로 추진되고 있는데 코로나 펜데믹 상황이라 조금 주춤하고 있지만 이러한 여세라면 중국의 세계 패권화는 점점 실현되어 가는 듯 보인다.

중국 정부가 일대일로(一带一路) 전략을 강력하게 추진하는 이유는 중앙 아시아, 동남 아시아 등 신흥 시장에 진출해 경제 성장의 동력을 확보하고 과잉 생산되어지는 물자 문제도 해결하기 위함이라고 한다. 철도와 도로건설등의 인프라 건설 공사를 중국이 주도함으로써 철강, 시멘트 등 전통산업의 과잉 공급 문제를 해결하고 국내 내수 활성화, 그리고 신흥 시장을 개척하고자 하는 강한 의지가 담겨져 있다. 에너지를 안정적으로 공급하기 위한 해상 실크로드 프로젝트로 남중국해 해로를 개척하여 중동과 아프리카의 원유 및 자원을 안정적으로 들여오기 위함이기도 하다. 러시아의 송유관을 통해 유럽에서 가스를 공급받는 것처럼 말이다. 지역적 불균형 발전에 대한 문제도 해결하며 자국 경제 영토를 중앙아시아, 동남아시아까지 확대하려는 숨은 야욕도 들어 있다.

 이러한 경제 정책을 볼 때 중국의 비전에 비춰 우리나라의 전략적 경제 개혁이 필요해 보인다. 반도국가의 장점을 십분 발휘 할 수 있도록 남,북 통일 문제를 빨리 풀어가야 할 것 같다. 정치적 통일은 경제적 성장 전략적과 비전으로 온 국민이 기원하고 함께 해결해야 한다. 현재 스테그플레이션의 고통이 전 세계를 어둡게 그림자 지게 하는 이때에 속히 빠져 나올 수 있는 해법과 전략, 그리고 추진력이 더욱 절실해 보인다.

묘하게 차이나는 중국 문화 체험기

발　행 | 2023년 1월 9일
저　자 | 이현
펴낸이 | 한건희
펴낸곳 | 주식회사 부크크
출판사등록 | 2014.07.15.(제2014-16호)
주　소 | 서울특별시 금천구 가산디지털1로 119 SK트윈타워 A동 305호
전　화 | 1670-8316
이메일 | info@bookk.co.kr

ISBN | 979-11-410-1062-1

www.bookk.co.kr
ⓒ 이현 2022